LE GRAND BOB

Georges Simenon, écrivain belge de langue française, est né à Liège en 1903. Il décide très jeune d'écrire. Il a seize ans lorsqu'il devient journaliste à *La Gazette de Liège*, d'abord chargé des faits divers puis des billets d'humeur consacrés aux rumeurs de sa ville. Son premier roman, signé sous le pseudonyme de Georges Sim, paraît en 1921 : *Au pont des Arches, petite histoire liégeoise*. En 1922, il s'installe à Paris avec son épouse peintre Régine Renchon, et apprend alors son métier en écrivant des contes et des romans-feuilletons dans tous les genres : policier, érotique, mélo, etc. Près de deux cents romans parus entre 1923 et 1933, un bon millier de contes, et de très nombreux articles...

En 1929, Simenon rédige son premier Maigret qui a pour titre : *Pietr le Letton*. Lancé par les éditions Fayard en 1931, le commissaire Maigret devient vite un personnage très populaire. Simenon écrira en tout soixante-douze aventures de Maigret (ainsi que plusieurs recueils de nouvelles) jusqu'à *Maigret et Monsieur Charles*, en 1972.

Peu de temps après, Simenon commence à écrire ce qu'il appellera ses « romans-romans » ou ses « romans durs » : plus de cent dix titres, du *Relais d'Alsace* paru en 1931 aux *Innocents*, en 1972, en passant par ses ouvrages les plus connus : *La Maison du canal* (1933), *L'homme qui regardait passer les trains* (1938). *Le Bourgmestre de Furnes* (1939). *Les Inconnus dans la maison* (1940), *Trois Chambres à Manhattan* (1946), *Lettre à mon juge* (1947), *La neige était sale* (1948), *Les Anneaux de Bicêtre* (1963), etc. Parallèlement à cette activité littéraire foisonnante, il voyage beaucoup, quitte Paris, s'installe dans les Charentes, puis en Vendée pendant la Seconde Guerre mondiale. En 1945, il quitte l'Europe et vivra aux Etats-Unis pendant dix ans ; il y épouse Denyse Ouimet. Il regagne ensuite la France et s'installe définitivement en Suisse. En 1972, il décide de cesser d'écrire. Muni d'un magnétophone, il se consacre alors à ses vingt-deux *Dictées*, puis, après le suicide de sa fille Marie-Jo, rédige ses gigantesques *Mémoires intimes* (1981).

Simenon s'est éteint à Lausanne en 1989. Beaucoup de ses romans ont été adaptés au cinéma et à la télévision.

GEORGES SIMENON

Le Grand Bob

LES PRESSES DE LA CITÉ

... de ce que ...

... c'est qu'elle re ...

1

Je n'étais pas à Tilly ce dimanche-là, car profitant de ce que les enfants étaient chez leur grand-mère, nous avions accepté, ma femme et moi, une invitation à passer le week-end chez des amis qui possèdent une propriété en bordure de la forêt de Rambouillet. La journée avait été chaude et lourde, avec des menaces d'orage et même quelques grosses gouttes de pluie vers la fin de l'après-midi.

Je ne m'en souviens pas particulièrement, mais j'ai dû parcourir le journal, chez moi, le lundi matin, et, si je n'ai pas lu l'information concernant Dandurand, c'est qu'elle ne comportait que trois ou quatre lignes à la rubrique des faits divers.

Il était passé dix heures et j'examinais une patiente dans mon cabinet de consultation quand Lulu m'a téléphoné.

— C'est vous, Charles ?

Je n'ai pas reconnu tout de suite la voix, qui pourtant m'est familière. Lulu n'a pas attendu que je réponde pour ajouter :

— Bob est mort.

Je savais maintenant qui parlait. Cependant, la nouvelle me prenait tellement au dépourvu,

7

elle était si inattendue, que je fronçai les sourcils et murmurai comme pour gagner du temps :

— C'est vous, Lulu ?

Je renchaînai aussitôt :

— Quand est-ce arrivé ?

— Hier matin, à Tilly. *Ils* disent que c'est un accident.

— Où est-il ?

— Ici.

Je regardai la cliente dont j'avais interrompu l'auscultation et qui tenait une serviette devant sa poitrine nue.

— Je passerai dès que je pourrai m'absenter.

— Ce n'est pas pour ça que je vous ai appelé. J'ai pensé que vous ne liriez peut-être pas le journal.

Je suis incapable de dire ce qui me gênait. Une femme dont le mari vient de mourir tout à coup, alors que rien ne laissait prévoir sa fin, n'a pas nécessairement sa voix habituelle. Celle de Lulu, à l'ordinaire, était à la fois sonore et un peu rauque, et elle avait toujours l'air de plaisanter, d'être sur le point d'éclater de rire. C'était une voix vulgaire, mais si pleine de vitalité qu'il était difficile de résister à sa bonne humeur.

Or, la voix que je venais d'entendre était impersonnelle et neutre, sans aucune trace d'émotion, comme si Lulu accomplissait un devoir, ou une corvée, en annonçant la nouvelle, et raccrochait sans me laisser le temps de trouver des paroles de condoléance.

J'ai appris plus tard qu'elle avait passé une partie de la matinée à téléphoner de la sorte à tous leurs amis, répétant sur un ton monotone :

— Bob est mort.

Elle constatait un fait, sans plus ; à croire que, la présence du corps, à quelques mètres d'elle, ne suffisait pas à la convaincre de la réalité de ce fait.

Je suis allé souvent à Tilly avec ma femme et les deux garçons. Nous y allions déjà, bien que de façon irrégulière, quand ils étaient encore des bébés. C'est pourquoi il m'est facile de reconstituer la soirée du samedi et la journée de dimanche.

Je connais, dans ses moindres recoins, le bief, comme disent les habitués, c'est-à-dire la portion de la Seine comprise entre l'écluse de la Citanguette, en aval, et celle des Vives-Eaux, à six kilomètres en amont. Il n'y a, sur les rives, ni ville, ni village important, et l'auberge du *Beau Dimanche*, tenue par les époux Fradin, est à peu près le seul endroit animé.

Les Dandurand y sont arrivés le samedi à sept heures et demie du soir, comme presque chaque samedi, car Lulu n'a jamais accepté de fermer sa boutique avant six heures. Parfois même, en semaine, elle la laisse ouverte jusqu'à huit heures et, comme les clientes le savent, j'ai vu souvent Lulu se lever de table, pendant le dîner, en entendant la sonnerie de la porte.

— C'est la petite Bovy qui vient chercher son chapeau, disait-elle.

Elle en parlait comme si c'étaient de bonnes amies et il n'était pas rare qu'elle les fît entrer dans la pièce de derrière pour prendre le café ou un morceau de dessert avec nous.

Mlle Berthe, la première ouvrière, était là au moment de la fermeture. Elle est toujours là, à table, quand nous dînons chez les Dandurand aussi, et on la considère comme de la famille. Elle doit avoir de quarante-cinq à cinquante ans, plus près de cinquante que de quarante-cinq. Elle est maigre et brune, avec un long nez étroit, si frileuse qu'elle porte été comme hiver des dessous de laine qui lui donnent une odeur particulière.

Je suppose que, dans son esprit, elle est un peu l'ange gardien de la maison. L'ange gardien de Bob ou celui de Lulu ?

A quelques jours de là, répondant à mes questions, elle a murmuré :

— Je ne peux pas dire que j'aie remarqué quoi que ce soit de spécial. M. Bob a passé presque toute l'après-midi dehors. Je suppose qu'il est allé jouer à la belote *Chez Justin*.

C'est un petit café d'habitués, au coin de la place Constantin-Pecqueur, à deux pas de la boutique, où Bob avait l'habitude de jouer aux cartes avec des gens du quartier.

— A quelle heure est-il rentré ?

— Vers cinq heures et demie. La patronne était dans la chambre, à préparer la valise.

Les deux femmes se tutoient mais, quand Mlle Berthe parle de Lulu, même à des intimes, elle dit toujours la patronne.

— Il paraissait préoccupé ?

— Il sifflait.

Bob rentrait toujours chez lui en sifflant, sifflotait aussi quand il déambulait seul dans les rues.

— Que s'est-il passé ?

— Rien. La patronne a changé de robe et lui a demandé s'il ne mettait pas une chemise propre. Il a répondu que, de toutes façons, il en changerait en arrivant à Tilly.

Les familiers des Dandurand connaissaient les lieux aussi bien que leur propre maison. Derrière le magasin se trouve une grande pièce qu'on appelle l'atelier et qui sert aussi de salle à manger et de living-room. Pendant la journée,

10

de trois à cinq ouvrières y travaillent, selon la saison, et trois longues tables sont toujours encombrées de chapeaux et de pièces de tissu, de rubans, de fleurs artificielles. Lorsque vient l'heure de manger on débarrasse un bout d'une des tables qu'on recouvre d'une nappe à carreaux. La cuisine, mal éclairée, est d'un côté, la chambre à coucher de l'autre, et je ne me souviens pas d'en avoir vu les portes fermées.

Le samedi après-midi, il n'y a que Mlle Berthe à travailler. Les autres ouvrières ont congé. Comme il faisait chaud ce samedi-là, je parierais que Lulu était en combinaison, car, grasse comme elle l'est, elle souffre de la chaleur et il y a toujours des cercles de sueur à ses robes. Le mot grasse pourrait donner une idée fausse. Parce qu'elle est très petite, elle paraît beaucoup plus grosse qu'elle n'est réellement. Je ferais mieux de dire qu'elle est dodue, et j'ai entendu des amis la comparer à une poupée. Elle en a la fraîcheur. Une fois, Bob m'a demandé, alors que nous ne nous connaissions que de quelques semaines : « Vous ne trouvez pas que ma femme a l'air comestible ? »

On ne pouvait jamais savoir s'il plaisantait ou non.

— Qu'est-ce qu'il a fait de cinq heures et demie à six heures ?

— Rien qui m'ait frappée. Il a dû me taquiner en passant, pour ne pas en perdre l'habitude. Je me souviens qu'il s'est servi un verre de vin blanc en me demandant si j'en désirais un.

C'était une de ses sempiternelles plaisanteries. Mlle Berthe ne buvait pas, haïssait l'odeur du vin, et, depuis des années, Bob ne manquait jamais, quand il se versait à boire, de lui offrir un verre. Elle ne lui en voulait pas. Cela lui aurait manqué s'il avait passé un jour sans la taquiner.

— Vous savez comme il était, à traîner son grand corps d'une pièce à l'autre sans jamais s'installer nulle part.

» — Tu as sorti la voiture ? lui a demandé la patronne.

» Il a répondu que oui, et, à ce moment-là, il était occupé à fixer un petit poisson, en bois ou en je ne sais quoi, à un fil de métal.

— Vous ne savez pas s'il l'avait acheté ce jour-là ?

— Comment le saurais-je ?

— Vous aviez déjà vu ce poisson dans la maison ?

Elle n'a pas été capable de me répondre. Lulu non plus, quand je lui ai posé la même question. Si étrange que cela paraisse, ça a son importance, tout au moins à mes yeux.

Pendant quinze ans, autant que je sache, et même un peu plus, puisque cela a commencé avant la guerre, les Dandurand ont fréquenté plus ou moins régulièrement le *Beau Dimanche*, à Tilly, et, avant cela, ils allaient sur le bord de la Marne, du côté de Nogent.

La clientèle des deux endroits est très différente. A Nogent, tout près de Paris, ce sont surtout des amoureux qui vont s'ébattre au bord de l'eau et, dans un immense bastringue vulgaire et bruyant, on danse jusque tard dans la nuit.

A Tilly, on ne rencontre guère que des gens paisibles. Beaucoup sont mariés et amènent leurs enfants. Il y a presque toujours quelques mères à tricoter sous les ormes, au bord de l'eau, pendant que les maris sont à la pêche.

Au début, l'auberge des Fradin ne recevait que des pêcheurs qui louaient un bateau ou laissaient le leur à la garde de Léon Fradin. Lorsque les canoës ont fait leur apparition sur la Seine, des couples plus jeunes ont découvert le bief et quelques petits voiliers n'ont pas tardé à y louvoyer.

Jusqu'au dimanche précédant le 27 juin, les Dandurand appartenaient à ce qu'on pouvait appeler le groupe des canoës, c'est-à-dire qu'ils passaient des heures, le dimanche, à se laisser glisser au fil de l'eau dans leur embarcation en acajou verni. Cela s'harmonisait parfaitement avec le tempérament de Bob, qui répétait à tout propos la boutade d'Alphonse Allais :

« L'homme n'est pas fait pour travailler. La preuve, c'est que ça le fatigue. »

Au *Beau Dimanche*, il y a ceux qui se lèvent avant l'aube pour aller à la pêche et qu'on entend s'acharner dans le demi-jour sur les moteurs qui refusent de partir, et ceux qu'on ne voit pas sortir de leur chambre avant dix heures pour commander un verre de vin blanc sec en guise de petit déjeuner.

Les Dandurand étaient de la seconde catégorie, résolument, on peut même dire qu'ils en étaient les champions et qu'ils mettaient une certaine ostentation à descendre les derniers.

Cela n'était vrai que jusqu'au dimanche précédent, qui était le dimanche de l'ouverture de la pêche. La veille, au lieu de jouer aux cartes sous les arbres tandis que des moucherons auréolaient les lampes accrochées aux branches et que quelques couples dansaient au son d'un phonographe, Bob, aidé par M. Métenier, avait monté une ligne pour le brochet et, dès cinq heures du matin à l'arrière de son bateau, il traînait lentement d'une écluse à l'autre.

J'y étais ce dimanche-là, lisant sur la terrasse,

et je l'ai vu passer cinq ou six fois, le torse nu, un mouchoir sur le crâne en guise de chapeau. Ma femme, non loin de là, bavardait avec Lulu, et j'entends encore celle-ci lui expliquer :

— Cela lui a pris tout à coup. Je serais étonnée que ça dure. D'abord, il est incapable de se lever de bonne heure. Ensuite, il ne reste jamais longtemps sans ressentir ce qu'il appelle *une soif inquiétante* et sans réclamer un verre de vin blanc frais.

Je m'empresse de déclarer que je n'ai jamais vu Bob vraiment ivre. Je ne l'ai jamais vu non plus passer un certain temps sans se servir « un petit blanc », selon son expression. Lulu n'y trouvait pas à redire, au contraire, buvait elle-même volontiers, ce qui, à l'occasion, lui donnait une amusante pétulance.

Qu'est-ce qui, du jour au lendemain, a décidé Bob à passer du clan des lève-tard au clan des pêcheurs ? C'est ce que je cherchais à établir en posant des questions à gauche et à droite. Le premier dimanche, bien entendu, il n'avait pris aucun poisson et avait débarqué, un peu avant midi, le dos et la nuque presque saignants d'un coup de soleil, en proclamant qu'il avait une *soif inquiétante*.

Lorsque je questionnai M. Métenier, celui-ci prit le temps de réfléchir, car il n'était pas homme à parler à la légère.

— Il m'a paru réellement intéressé par la pêche au brochet. J'en ai vu d'autres, comme lui, y venir sur le tard, et qui n'en étaient que plus enragés. Je lui ai montré comment plomber la ligne de façon que le devon — vous savez sans doute que c'est le nom donné au poisson artificiel — de façon que le devon, dis-je, ne navigue ni trop près du fond, ni trop près de la surface.

En réalité, la profondeur favorable varie selon l'heure, l'endroit, la température, l'état du ciel, selon beaucoup d'autres facteurs encore, mais je n'ai pu, en une leçon, que lui donner un aperçu élémentaire de la question.

— Vous ignorez si, entre les deux dimanches, il a acheté un nouveau devon ?

M. Métenier, qui dirige une affaire assez importante de machines-outils près du boulevard Richard-Lenoir, n'a malheureusement pas pu me répondre.

— Je me rappelle seulement lui avoir dit que le sien n'était pas mauvais, que c'était un bon modèle courant, mais que plus tard, quand il aurait dépassé le stade de débutant, il lui en faudrait une assez grande variété.

J'ai parlé à John Lenauer aussi, qui, lui, n'est pas un pêcheur, mais un lève-tard et qui, comme Bob, fait partie du groupe des joueurs de belote.

Les Dandurand, je crois l'avoir dit, ont quitté la boutique de la rue Lamarck, à quelques maisons de la rue Caulaincourt, le samedi à six heures. C'est Lulu qui a tourné la clef dans la serrure et s'est assurée que la porte était bien fermée. Mlle Berthe est restée au bord du trottoir à les regarder partir dans leur auto découverte.

Ils ont traversé toute la ville pour prendre la route de Fontainebleau et tourner à gauche aussitôt après Pringy. John Lenauer les a vus arriver au *Beau Dimanche* vers sept heures et demie et comme, lui aussi, a toujours *une soif inquiétante*, il a entraîné Bob vers le comptoir pendant que Lulu montait pour défaire sa valise.

— Je ne l'ai pas trouvé différent des autres samedis, m'a dit John, qui est un Anglais de mère française et qui travaille, à Paris, dans les bureaux de la *Cunard*. Nous avons vidé deux ou trois pots.

— Ou quatre ou cinq ?

— Peut-être quatre.

On m'a assuré que, les jours ouvrables, John ne touche jamais à un verre avant six heures du soir. A Tilly, il se met au vin blanc dès le réveil et je lui ai toujours vu les yeux luisants, l'air vague, un sourire goguenard au coin des lèvres.

— Bob, c'était un frère !

Au *Beau Dimanche*, on déjeune et on dîne sur la terrasse, au bord de l'eau. Il n'y a pas de parasols, mais de beaux ormes qui fournissent l'ombre et dans lesquels, le soir, les lampes sont allumées. Quand il se met soudain à pleuvoir, c'est une catastrophe, en même temps qu'une ruée vers la maison, car la salle à manger n'est pas assez spacieuse pour contenir tout le monde.

Il n'a pas plu ce samedi-là. Il faisait doux. Bob a serré des mains à gauche et à droite, a lancé quelques-unes de ses plaisanteries favorites et s'est dirigé vers l'annexe, où sa femme et lui occupent la même chambre, au premier, depuis des années. On n'y jouit pas de beaucoup d'intimité. On y vit en quelque sorte à la vue de tous. L'escalier est à l'extérieur et les chambres donnent, portes et fenêtres, sur une sorte de balcon qui tient lieu de corridor.

Comme il l'avait annoncé à Paris, Bob s'est changé, a revêtu un pantalon de toile kaki et sa chemise rouge vif des week-ends tandis que Lulu passait un pantalon de gabardine noire qui moule exagérément ses fesses rebondies.

J'ai demandé à Lulu ce qu'ils s'étaient dit. Elle m'a répondu :

— Rien que j'aie retenu. Je crois qu'il sifflait.

Puis Olga, d'en bas, nous a crié que c'était notre tour.

Olga est une des serveuses. Il s'agissait de leur tour d'avoir une table pour dîner car, le samedi soir, on mange par équipes.

— Nous nous sommes installés avec les Millot et Mado.

Des habitués aussi. Millot est dentiste dans le quartier de la Bastille. Ils sont jeunes tous les deux, très amoureux. Je me demande s'ils ne se sont pas connus au *Beau Dimanche*, où ils venaient déjà avant leur mariage, et maintenant Mado, leur fille, a neuf ans. Ils ont acheté un voilier, un *star*, à bord duquel ils passent leur dimanche et, s'ils sont amis avec tout le monde, on les voit peu dans les groupes.

Millot m'a dit :

— Bob était gai, comme toujours.

— Il a parlé pêche ?

— Il nous a répété comiquement, en l'imitant, la leçon que M. Métenier lui avait donnée la semaine précédente.

M. Métenier est originaire du Cantal, dont il a conservé l'accent.

— Bob a ajouté :

» — Si, demain, le sort voulait que je prenne un brochet, il en ferait une maladie car, ainsi qu'il le démontre avec force arguments, ce serait contre toutes les règles. A l'entendre, il faut d'abord quelques mois d'apprentissage pour savoir plomber une ligne, ensuite une autre saison pour juger de l'endroit où se tient le poisson et enfin, si l'on a des dispositions...

C'était bien Bob, qui avait dû terminer son monologue par un de ses mots favoris :

— *Crevant !*

Il le prononçait presque aussi souvent que sa fameuse *soif inquiétante*, avec le même sérieux.

— *Crevant !*

Si ma femme et moi n'étions pas allés à Rambouillet, c'est sans doute avec nous que les Dandurand auraient dîné ce soir-là, car la petite Mme Millot avait toujours un peu peur que Bob lâche, devant Mado, une plaisanterie osée ou un mot cru. Ce n'est jamais arrivé. Il avait une façon ironique de s'arrêter pile au moment où l'on s'imaginait qu'il oubliait la présence de la gamine et il regardait alors la mère avec des yeux malicieux, tout heureux de lui avoir fait peur.

— *Crevant !* concluait-il.

Puisqu'il appartenait désormais au clan des pêcheurs, il aurait dû, selon l'habitude de ceux-ci, aller se coucher de bonne heure. C'est, au *Beau Dimanche*, le sujet d'une petite guerre, qui s'envenime d'année en année, et qui a failli provoquer plusieurs fois l'exode d'une partie de la clientèle. Les pêcheurs se plaignent de ce que, le soir, on les empêche de dormir en jouant du phonographe et en parlant à voix haute sur la terrasse et dans le jardin, puis en faisant marcher les robinets tard dans la nuit. Les autres se plaignent, eux, des petits moteurs qui se mettent déjà à tousser avant le lever du soleil.

Ce samedi-là, Bob n'est pas allé demander conseil à M. Métenier. On ne l'a pas vu préparer sa ligne, ni nettoyer son moteur amovible comme d'autres étaient occupés à le faire le long du ponton. C'est lui qui, le dîner terminé, a proposé à John Lenauer :

— On fait quinze cents points ?

Ils ont appelé Riri, qui travaille dans une compagnie d'assurance de la rue Laffitte et qui, à

Tilly, porte un jersey de matelot et, sur l'oreille, un béret blanc de la marine américaine. Faute d'un quatrième disponible, Lulu a joué avec eux, dans un coin de la terrasse, et la partie durait encore quand, à minuit, Mme Fradin est venue arrêter le phono au son duquel deux ou trois couples s'obstinaient à danser.

Un détail me frappe en parlant de Riri. Celui-ci, maigre et efflanqué comme un chien des rues, ne doit guère avoir plus de vingt-quatre ou vingt-cinq ans. C'est encore un gamin. John Lenauer, lui, a largement passé la trentaine mais, bien que marié, il vit en célibataire ; sa femme habite Londres où elle travaille, à la *Cunard* elle aussi, et ils ne se voient que quelques jours par an pendant les vacances.

Au moment de sa mort, Bob allait avoir qua-rante-neuf ans et Lulu, elle ne s'en est jamais cachée, a exactement trois ans de moins que lui. Ils sont tous les deux du 27 juillet et cela les amusait beaucoup de se souhaiter mutuelle-ment leur anniversaire.

Ce qui me surprend, c'est que la différence d'âge entre les Dandurand et une partie de leurs amis ne me soit pas apparue jusqu'ici. A Tilly, ils appartenaient à la fois à tous les groupes, mais je me les rappelle plus souvent avec des jeunes gens qu'avec des gens de leur âge. Rue Lamarck, où il était rare de les trouver seuls, et où parfois, à onze heures du soir, quinze personnes et plus s'agitaient et buvaient dans l'atelier-living-room, on voyait des couples de moins de trente ans, des gamines qui n'étaient pas majeures, se mêler à des gens comme le peintre Gaillard qui a lar-gement passé la soixantaine et qui est un pilier de la maison, ou comme Rosalie Quéven, une vieille voisine qui tire les cartes et lit dans le marc de café.

J'ai demandé à John :

— Il a gagné ?

— Comme toujours.

J'ai rarement vu Dandurand perdre à la belote. Y jouant tous les jours pendant deux ou trois heures au moins, il y est fatalement de première force. Le jeu n'en comporte pas moins une bonne part de hasard. Or, les cartes, entre ses longs doigts très articulés, paraissaient enchantées. Il lui arrivait, par défi, surtout avec des adversaires grincheux, d'annoncer sans regarder son jeu :

— Je prends !

Et, l'instant d'après, il trouvait dans sa main les cartes voulues pour jouer la couleur de retourne. Je n'irais pas jusqu'à prétendre que cela mettait Lulu en colère. Elle ne s'est jamais mise vraiment en colère contre lui. A ces moments-là, pourtant, elle le regardait en fronçant les sourcils. J'ignore ce qu'elle pensait au juste. Elle devait lui en vouloir un peu de sa façon presque enfantine de défier le sort, et, peut-être, de sa chance persistante. J'ai l'impression que, s'il avait pu retourner de mauvaises cartes et se faire battre à plate couture, elle en aurait été soulagée.

J'admets qu'il avait l'air de se moquer des gens. Il disait négligemment à son voisin de gauche, tout comme si les cartes, pour lui, avaient été transparentes :

— Ton roi de pique, s'il te plaît.

Et c'était vrai que l'autre était forcé de se faire prendre son roi.

Il ne jouait pas gros jeu, les consommations le plus souvent. S'il l'avait voulu, il aurait pu gagner sa matérielle à la belote, devenir une sorte de professionnel comme il en existe quelques-uns dans les petits bars de Montmartre et d'ailleurs. Il lui suffisait de gagner chaque année, ou presque, je ne sais quel championnat du XVIIIᵉ arrondissement.

— Vous avez beaucoup bu ? ai-je demandé encore à Lenauer.

— Deux bouteilles de blanc.

C'était peu pour quatre, surtout quand, parmi les quatre, se trouvaient à la fois Bob et Lenauer.

— Il est monté se coucher tout de suite après la partie ?

— Lulu est montée la première et a fait de la lumière dans la chambre. Je la vois encore, en ombre chinoise, passer son sweater par-dessus sa tête.

— Il ne vous a rien dit à ce moment-là ?

John a paru réfléchir, m'a répondu avec une certaine surprise :

— Au fait, si. Cela m'était sorti de la tête. Il m'a dit en me quittant :

» — *Tu es un bon bougre.*

» Je suis presque sûr qu'il a ajouté, alors qu'il avait déjà le dos tourné :

» — *Crevant ! Il y a des tas de bons bougres !*

J'ai insisté :

— Ils ne se sont pas disputés pendant la partie ?

Non. La question était stupide.

Les lampes, sur la terrasse, étaient éteintes. Il y avait de la lune ce soir-là, je le sais parce qu'à Rambouillet nous sommes restés tard à bavarder dans le parc avec nos amis et à écouter les grillons. La Seine coulait paresseusement et la lumière brillait dans la chambre où Lulu était en train de se déshabiller.

— Il est monté la rejoindre.

John occupe la chambre juste au-dessous, au rez-de-chaussée, et on entend tout d'un étage à l'autre.

— Ils ont bavardé longtemps ?

— Le temps de se mettre au lit. J'ai entendu Lulu qui disait :

» — Chut ! Tu vas éveiller M. Métenier.

» Je n'ai pas revu Bob. Le matin, je n'ai rien entendu.

Riri non plus, qui est allé dormir, comme d'habitude, à bord du houseboat d'Yvonne Simart, amarré à une centaine de mètres de l'auberge. On n'en parle jamais. Devant les gens, lui et Yvonne, qui est son aînée de huit ans, ne font rien qui puissse révéler leur intimité, ne se tutoient même pas, comme c'est courant à Tilly. Elle lui dit bonsoir comme aux autres en quittant le *Beau Dimanche* où elle prend ses repas. Presque toujours, il reste le dernier debout, considérant sans doute que c'est son devoir de galant homme d'agir ainsi, et alors seulement, dans son costume de matelot qui souligne sa démarche dégingandée, il se dirige vers la passerelle du bateau.

C'est en réalité une assez petite barge, sur laquelle on a construit une sorte de maisonnette en bois, deux cabines étroites, une autre qui sert de salon et de salle à manger, et un plongeoir.

Yvonne Simart, qui est la fille de l'amiral Simart, couche à bord avec son amie Laurence, une grosse fille de son âge ; toutes les deux sont vendeuses dans la même maison de haute couture de l'avenue Matignon.

Laurence doit savoir, comme tout le monde. Rien qu'en faisant le compte des chambres et des habitués, il est facile de constater qu'il n'y a pas de place pour Riri à l'auberge.

Riri n'en attend pas moins, invariablement, que la lumière soit éteinte à bord avant de franchir la planche qui sert de passerelle et, comme Laurence se lève de bonne heure, on le voit rôder dehors dès l'aurore. Il est le seul, le matin, avec Léon Fradin, à regarder partir les pêcheurs et à leur donner parfois un coup de main quand un moteur refuse de démarrer.

Lulu a vaguement entendu son mari se lever, mais ne s'est pas réveillée tout à fait.

— Je crois qu'il m'a embrassée au front et que j'ai frôlé sa joue non rasée.

Riri l'a vu descendre l'escalier, un chandail noué autour du cou sur sa chemise rouge. A ce moment-là, il n'y avait qu'un bateau de parti et le soleil n'était pas levé.

— J'ai noté qu'il avait les pommettes rouges comme un enfant qu'on tire de son lit. Il a remarqué qu'il faisait froid, a même frissonné, et il a dû tirer cinq ou six fois la corde avant de mettre son moteur en marche.

C'était de ces moteurs d'un cheval et demi, en duraluminium, qu'on fixe à l'arrière du canoë.

— Il a décrit deux cercles en face de l'auberge.

— En regardant la fenêtre de sa chambre ?

— Je ne sais pas ce qu'il regardait. L'eau était couverte d'une brume qui ressemblait à de la fumée. Il a foncé vers l'amont, la moitié de l'embarcation pointant du dessus de la rivière.

— Vous l'avez vu déployer sa ligne ?

— Je ne pense pas qu'il l'ait fait. Cela ne m'a pas frappé. Il se tenait immobile, une main sur le gouvernail. S'il s'est mis à pêcher, c'est seulement plus haut, quand je ne le regardais plus.

M. Métenier, qui arrangeait son bateau, a grommelé :

» — Cela arrive une fois de temps en temps qu'*ils* prennent quelque chose !

J'ai déjà dit que je connais le bief. Presque toute la rive droite est couverte de bois et la colline est assez haute, avec, de-ci de-là dans la verdure, la tache rouge d'un toit. La rive gauche, au contraire, est basse, envahie par des roseaux dans lesquels les amoureux poussent leur bateau.

Les pêcheurs de brochet, qui traînent leur ligne d'une écluse à l'autre avec leur moteur au ralenti, sont une minorité. Plus nombreux sont les pêcheurs de gardon et de chevesne qui amarrent leur bateau à des fiches plantées à quelques mètres du bord et qui, assis sur un pliant, restent immobiles pendant des heures, parfois pendant la journée entière. C'est une des fonctions de Léon Fradin, qui a les allures d'un braconnier et qui porte toute l'année un costume de garde-chasse en velours, d'aller, pendant la semaine, appâter ces endroits-là pour ses clients.

Fradin, les moustaches toujours humides parce qu'il a l'habitude de les mordiller, m'a dit :

— Quand il est parti, il y avait au moins cinq pêcheurs d'installés entre leurs perches, à commencer par M. Raismes, qui s'est levé à quatre heures pour aller s'amarrer au pied de la carrière.

M. Raismes, un homme âgé d'une cinquantaine d'années, est directeur au ministère des Travaux Publics et passe, à Tilly, pour le meilleur pêcheur de chevesne. Il a vu passer le canoë. Il a même fait signe à Bob de prendre plus au large afin de ne pas effrayer le poisson. Non, il n'avait pas l'impression que Dandurand avait sa ligne à l'eau. S'il avait pêché, d'ailleurs, il aurait navigué plus lentement. Il se trouvait, à ce moment-là, à deux kilomètres environ du barrage, vers lequel il semblait se diriger, et une péniche à vide qui remontait la Seine a envoyé deux coups de corne pour s'annoncer à l'écluse. Celles qui font partie d'un train de bateaux ou appartiennent à une grande compagnie restent le plus souvent le dimanche immobiles le long de la berge. Mais il y a toujours quelques bateaux à moteur, pilotés par leur propriétaire, à naviguer ce jour-là.

Le marinier a dû voir Bob, près de qui il est passé. Il paraît qu'ils ont échangé un signe de la main. Et Bob, autant qu'il soit possible d'en juger, vivait ses dix dernières minutes.

Je n'ai pu interroger le marinier, qui doit être loin à l'heure qu'il est, quelque part sur la Saône ou sur les canaux de l'Est. C'est M. Raismes qui m'a parlé des saluts échangés.

Pour le reste, il n'existe à peu près aucun témoignage. L'éclusier des Vives-Eaux croit se souvenir du bruit d'un petit moteur pendant qu'il manœuvrait les vannes. Il n'y a pas prêté attention car il en a l'habitude.

— J'avais froid aux mains. On n'aurait jamais cru qu'il avait fait aussi chaud la veille et qu'il allait faire aussi chaud ce jour-là. J'ai quitté l'écluse un moment pour aller boire la tasse de café que j'étais en train de me préparer quand la vidange s'est annoncée. J'ai même demandé au marinier s'il en voulait. Il m'a répondu qu'il venait d'en boire. Vous savez comment ça se passe.

— Vous n'avez pas regardé du côté du barrage ?

Même s'il avait regardé, il n'aurait rien vu. En dessous du barrage, en effet, à une dizaine de mètres de celui-ci, juste au milieu du fleuve, s'étend un îlot couvert de broussailles qui cache en partie la vue.

Le bruit venait de l'autre côté.

— Le moteur s'est arrêté ?

— Probablement. Quand le bateau s'est éloigné, je n'ai plus rien entendu.

L'éclusier est rentré chez lui.

C'est un pêcheur, qui ne descend pas au *Beau Dimanche*, mais qui possède sa propre bicoque dans le bief, qui, quelques minutes plus tard, a aperçu un canoë vide non loin de l'îlot, dans les remous du barrage.

— Quelque chose l'empêchait de suivre le fil de l'eau, comme s'il était accroché au fond. Je me suis d'abord dit que c'était une embarcation qui s'était détachée, quelque part en amont, et qui avait sauté le barrage. Cela arrive de temps en temps. J'avais ma ligne à l'eau et je ne me suis pas inquiété tout de suite. A certain moment, comme je virais de bord à proximité du canoë, j'ai eu, j'ignore pourquoi, l'impression qu'il se passait quelque chose d'anormal. J'ai rentré ma ligne. Puis j'ai attrapé le canoë par une de ses pointes et il a glissé un instant avec mon bateau, par saccades, toujours comme si quelque chose le retenait. Un homme que je ne connais pas et qui pêchait sur la rive a crié pour me demander si j'avais besoin d'aide. J'ai fait signe que non.

— Combien de temps tout cela a-t-il pris ?

— Peut-être cinq minutes ? C'est difficile de juger. Une sorte de corde à rideau trempait dans l'eau, tendue. Les amateurs de canoës se servent parfois d'une corde à rideau attachée à une grosse pierre ou à un poids de fonte pour s'immobiliser au milieu du courant. J'ai tiré. Cela a lâché, dans le fond. Je me suis mis à dériver et, tirant toujours sur la corde, je n'ai pas tardé à voir émerger un bras qui semblait me faire des gestes.

L'homme, impressionné, a tout lâché. Peu importe son nom. C'est un ébéniste de Puteaux, père de quatre enfants. Il n'a plus pensé au pêcheur qui gesticulait sur la rive et qui, les mains en porte-voix, lui criait Dieu sait quoi. Il s'est dirigé vers l'écluse, sans doute parce qu'un éclusier est quelque chose d'officiel et porte une casquette d'uniforme.

— Là-bas... Près du canoë... Un noyé...

Si cela s'était passé plus rapidement, Bob serait-il mort ? Au moment où l'ébéniste a aperçu le canoë pour la première fois, il semble qu'il n'y avait pas plus de cinq minutes qu'il avait passé par-dessus bord. Il ne faut pas s'hypnotiser sur les mouvements du bras, car le courant donne souvent aux noyés l'air de gesticuler.

L'éclusier a emporté une gaffe et, curieusement, sans doute sans réfléchir, une bouée de sauvetage.

Sur l'autre rive, le pêcheur, impuissant, leur criait toujours des mots qu'ils n'entendaient pas.

Ils ont tiré sur la corde à rideau. Le corps de Bob est apparu, le chandail toujours noué autour de son cou, sa chemise rouge collée à son torse, la corde enroulée deux fois autour de sa cheville droite.

Au bout de la corde était accroché un poids en fonte de cinq kilos, un de ces poids hexagonaux dont on se sert dans les boutiques.

L'éclusier qui, m'a-t-il affirmé, a repêché une bonne douzaine de noyés, vivants ou morts, au cours de sa carrière, m'a dit, mal à l'aise, comme si c'était un sujet qu'il n'aimait pas aborder :

— Je le connaissais bien. Il venait souvent me demander un coup de blanc à l'écluse.

— Vous croyez que la corde s'est enroulée à sa jambe au moment où il lançait le poids à l'eau ?

D'abord, il n'y avait aucune raison, pour Bob Dandurand, de se fixer en plein courant. Sa ligne était au fond du canoë et ne semblait pas avoir été mise à l'eau. Même si son moteur avait stoppé sans qu'il l'eût voulu, il aurait attendu, pour l'examiner, d'être porté, un peu plus bas, dans des eaux plus tranquilles.

— Qu'une corde s'enroule un tour, c'est déjà arrivé, m'a dit gravement l'éclusier. J'ai vu une marinière entraînée de cette façon-là dans l'eau du sas au moment où elle lançait une amarre... Mais deux tours...

C'est chez lui que cette conversation avait lieu. Sa femme avait pris sa place sur les portes de l'écluse. Il a ouvert un buffet de chêne aux portes garnies de vitraux de couleur pour y prendre une bouteille de marc et en remplir deux petits verres à fond épais.

— A sa santé ! a-t-il dit en élevant le sien jusqu'à ses yeux et en fixant le liquide incolore.

Il a ajouté, après s'être essuyé les lèvres :

— Il aimait bien ça aussi.

2

J'allais quitter mon cabinet pour me rendre rue Lamarck quand j'ai été retenu par une urgence, un gamin du voisinage qui s'était entaillé la main avec un couteau de cuisine et à qui j'ai dû faire trois points de suture pendant que la mère pleurait parce qu'il en garderait la cicatrice toute sa vie.

J'étais en train de terminer le pansement quand ma femme frappa discrètement à la porte qui communique avec la partie privée de l'appartement.

— Tu es seul ? demanda-t-elle, à mi-voix, selon son habitude.

— J'en ai pour deux minutes.

Je savais qu'elle restait derrière la porte. J'aurais pu entendre sa respiration. Quand j'allai lui ouvrir elle avait le journal du matin à la main.

— Tu sais la nouvelle ?

J'aurais dû lui laisser le soin de me le dire.

— Bob Dandurand est mort, répondis-je en rangeant ma trousse, car je comptais faire une visite ou deux en revenant de Montmartre.

— Il s'est noyé, hier matin, à Tilly, c'est dans le journal.

— Lulu m'a téléphoné.

— Comment est-elle ?

— C'est difficile à dire. Elle m'a paru calme. Je monte jusque-là.

— Tu ne penses pas que je devrais t'accompagner ?

— Pas ce matin, à mon avis. Il vaut mieux que tu y ailles dans l'après-midi ou demain.

Ma petite 6 CV noire, la plus sale du quartier, parce que je ne prends jamais le temps de la donner à laver, était rangée au bord du trottoir où elle passe la plupart des nuits. Nous habitons depuis quinze ans la rue Notre-Dame-de-Lorette, à hauteur de la place Saint-Georges. Quelques commerçants du bas de la rue et de la rue des Martyrs viennent me consulter, mais la plus grosse partie de ma clientèle est fournie par la place Blanche et la place Pigalle, des danseuses, des entraîneuses, voire quelques prostituées professionnelles qui sont presque toutes de bonnes filles. Cela explique qu'on trouve plus de monde dans mon antichambre l'après-midi que le matin. Et, maintenant que les garçons ont neuf ans et demi et onze ans, ma femme essaie de me décider à changer de quartier.

— Tu dois penser, Charles, qu'ils sont à l'âge où on commence à voir clair.

Je fais la sourde oreille. Je prévois, un jour ou l'autre, une sérieuse discussion à ce sujet.

Il était environ midi quand je suis descendu de l'auto en face de la boutique bleu pâle de Lulu, et je ne me suis vraiment rendu compte que Bob était devenu un mort qu'en voyant les volets baissés, avec, sur l'un des deux, une carte bordée de noir que je n'ai pas lue. La porte, recouverte de son panneau de bois, était contre et je n'ai eu qu'à la pousser. J'ignore combien de personnes se tenaient entre les deux comptoirs de la boutique, six ou sept au moins, des voisines, des commerçantes des environs, autant que j'ai pu en juger.

Dans l'atelier-salle à manger, je trouvai plus de monde encore et ma première impression a été que tous parlaient à la fois ; j'ai cherché des yeux Lulu qui était, comme toujours, la plus petite du groupe et qui, dès qu'elle m'a aperçu, s'est jetée dans mes bras.

Nous avons parlé en même temps, prononcé des mots d'une telle banalité que nous en avons été gênés tous les deux et que nous nous sommes regardés.

J'ai dit :

— Je suis en retard...

Pendant qu'elle disait de son côté :

— C'est gentil d'être venu...

A-t-elle pensé, comme moi, que, si Bob avait été vivant, il nous aurait observés de ses yeux pétillants de malice, en laissant tomber du coin de la lèvre, parce que, dans l'autre coin, pendait une éternelle cigarette :

— *Crevant !*

Lulu a ajouté :

— Vous voulez le voir, Charles ?

La porte de la chambre à coucher, cette fois, était fermée. Lulu l'a ouverte sans bruit. Les gens des pompes funèbres n'étaient pas encore venus installer la chapelle ardente mais l'atmosphère n'en était pas moins funèbre déjà, avec les rideaux tirés, des cierges qui brûlaient des deux côtés du lit et, au pied de celui-ci, quelques bouquets, les premiers, que les voisines avaient achetés aux petites charrettes.

Je me suis demandé où Lulu s'était procuré le prie-Dieu sur lequel Mlle Berthe était agenouillée, un chapelet entortillé à ses doigts maigres. Sans doute lui avait-il été prêté par quelque vieille dévote habitant l'immeuble.

— Comment le trouvez-vous, Charles ?

Le corps n'était pas resté assez longtemps dans l'eau pour avoir pris l'aspect sinistre de la plupart des noyés.

— On jurerait qu'il sourit, n'est-ce pas ?

Il y avait un brin de buis et de l'eau bénite sur une table recouverte d'une nappe blanche. Je fis les gestes rituels. Une autre femme, très vieille, debout dans un coin, murmurait des prières.

Quand nous sommes sortis sur la pointe des pieds, Mlle Berthe nous a suivis en soupirant, comme si elle ne quittait la dépouille de Bob qu'à regret. C'était curieux, en franchissant la porte, de trouver, si près du mort, une bonne et familière odeur de cuisine. Une des ouvrières, en effet, était occupée à préparer un ragoût. Elles étaient deux près du fourneau et, sur une table, on voyait des verres et deux bouteilles entamées.

Le peintre Gaillard était assis dans un coin, cramoisi comme à son ordinaire, les yeux pleins d'eau, les mains tremblantes. Je ne lui ai pas parlé tout de suite. Je ne sais plus ce que je lui ai dit plus tard. Cela n'a pas d'importance et je ne pense pas qu'il ait encore de nombreux moments de lucidité. Médicalement parlant, c'est un spécimen presque parfait d'ivrogne à son dernier stade, celui où l'on n'éprouve plus le besoin de manger, et, l'extraordinaire, c'est que l'homme dure si longtemps. Je ne suis d'ailleurs pas si sûr, en y réfléchissant, de ce que je viens de dire au sujet de sa lucidité. Souvent, quand des gens, le croyant hors d'état de comprendre, lui ont lancé des phrases ironiques ou cruelles, j'ai vu les prunelles de Gaillard se durcir, ses dents se serrer.

Quelqu'un que je ne connais pas nous a séparés, Lulu et moi, quelqu'un qui venait d'entrer et à qui elle allait montrer le mort. C'est alors que Mlle Berthe m'a touché le bras.

— Elle ne vous a encore rien dit ? m'a-t-elle demandé à la façon dont on chuchote dans une église.

Nous étions dans un coin, à l'écart, derrière une table sur laquelle on avait entassé tous les chapeaux qui traînaient.

— A quel sujet ?

— Ils n'auraient pas dû lui parler comme ils l'ont fait. Qu'est-ce que ça pouvait leur faire de la laisser croire à un accident ?

Je ne savais encore à peu près rien de ce qui s'était passé à Tilly.

— Ce n'est pas un accident ?

Elle a secoué la tête en me regardant dans les yeux. Elle était plus défaite que Lulu, les lèvres décolorées, le teint jaune, et je lui saisis machinalement le poignet pour lui prendre le pouls.

— Seulement de la fatigue, murmura-t-elle. Nous n'avons dormi ni l'une ni l'autre. Les gendarmes ont trop parlé. Trop ou trop peu. Maintenant, elle se ronge, car elle a compris ce qu'il y a derrière leurs questions.

— Suicide ?

Elle fit signe que oui, tandis que son menton se mettait à trembler. J'ignore quel est son pouls d'habitude, vraisemblablement en dessous de la moyenne. A ce moment-là, il battait à peine à plus de cinquante-cinq.

— Vous devriez boire une gorgée d'alcool.

C'était inutile d'insister. Tout ce que je pourrais dire ne servirait à rien. Il valait mieux la questionner, pour lui donner l'occasion de sortir ce qu'elle avait sur le cœur.

— On ignore pourquoi ?

— On ne sait rien. Cela paraît tellement inouï !

Comme tout le monde, j'ai prononcé :

— Lui qui était toujours si gai !

C'est encore une de ces phrases qu'on dit sans réfléchir. J'ai remarqué qu'elle me regardait avec une certaine surprise, comme pour me la reprocher. Si je devais traduire ce regard-là, il signifiait :

— Vous aussi ?

Est-ce qu'elle n'était pas d'accord avec les amis de Bob et avec tous ceux qui le connaissaient ? Où qu'il se trouvât, il était le boute-en-train et il lui suffisait de s'approcher d'un groupe pour que les visages s'éclairassent.

— Vous ne savez pas s'il était malade ? me demandait maintenant la vieille demoiselle.

Je ne savais pas, non. Il m'était arrivé, au cours d'une soirée, ou d'un week-end, de conseiller à Bob un remède quelconque pour un mal de gorge ou un bobo banal, mais il n'avait jamais mis les pieds dans mon cabinet de consultation. C'est le cas de beaucoup de mes amis, et je comprends qu'une pudeur les retienne de mettre leurs petites misères à nu devant un homme qu'ils rencontrent ensuite sur un autre terrain.

Lulu n'avait pas cette pudeur-là. Elle est venue souvent me consulter. D'autres fois, alors qu'il y avait cinq ou six amis chez elle, elle me disait à mi-voix :

— Vous voulez venir un moment, Charles ?

Bob nous suivait des yeux, sachant de quoi il s'agissait. A ces occasions-là, elle fermait la porte de la chambre à coucher, s'installait au bord du lit, la jupe relevée jusqu'au-dessus des hanches.

— C'est encore mon ventre, Charles. J'ai peur qu'on doive un jour tout m'enlever.

Elle n'avait pas vingt ans qu'elle souffrait déjà du ventre et cela l'impressionnait, elle avait plus peur d'une opération que d'une maladie grave comme, par exemple, la tuberculose.

A ma connaissance, Bob, lui, était en aussi bonne santé qu'un homme de son âge peut l'être en menant la vie qu'il menait. Il n'y avait que deux ou trois ans qu'il se rendait compte qu'il avait un estomac et que le vin blanc mettait celui-ci à rude épreuve. Après chaque repas, souvent entre les repas, il prenait une dose massive de bicarbonate de soude. J'avais tenté de l'en dissuader, sans trop insister. Je lui avais apporté un pansement gastrique à base de kaolin, mais il en tenait pour le bicarbonate qui lui procurait un soulagement plus immédiat.

J'ai demandé à Mlle Berthe :

— Il voyait un médecin ?

— Je n'en suis pas sûre. Je crois que oui.

— Qu'est-ce qui vous le fait penser ?

— Je ne pourrais pas dire. Des petits riens...

Elle détourna la tête. Peut-être se rendait-elle compte qu'elle avouait ainsi avoir observé Bob avec plus d'attention que sa propre femme.

J'ai serré la main de Riri, qui venait d'arriver et qu'on est toujours surpris de voir en costume de ville. Un boucher est entré, en tenue de travail, et, comme tout le monde, a embrassé Lulu sur les deux joues. Une des ouvrières m'a dit :

— N'est-ce pas, docteur, qu'il faut absolument qu'elle mange ?

J'ai répondu oui. J'allais sortir, sans avoir vu

le moyen de parler de nouveau à Lulu, quand elle s'est trouvée devant moi. Tout de suite elle s'est mise à me serrer le bras si fort que je sentais ses ongles à travers ma manche.

— Dites-moi, Charles, vous qui le connaissiez bien, pourquoi aurait-il fait ça ?

Et, comme je cherchais une réponse :

— Vous croyez que c'est à cause de moi ?

Elle ne pleurait pas. Elle vivait sur ses nerfs, si tendue qu'elle en paraissait inconsciente.

— Et moi qui, toute ma vie, me suis imaginé que je le rendais heureux !

Si on lui avait planté une aiguille dans le bras, elle n'aurait probablement rien senti. Cette idée me rappela que j'avais ma trousse avec moi.

— Y a-t-il un endroit où je pourrais vous faire une piqûre, Lulu ?

— Une piqûre pour quoi ?

— Juste un sédatif.

— Je ne veux pas dormir.

— Je vous promets que vous ne dormirez pas.

— Sûr ?

Elle regarda autour d'elle, se dirigea vers la cuisine.

— Venez par ici.

Les deux ouvrières s'y trouvaient encore. Lulu ferma la porte, me regarda préparer la seringue, releva sa robe d'un côté. Une des filles, celle qui se fait appeler Adeline parce qu'elle trouve ce prénom plus poétique que celui de Jeanne qui est le sien, se mit à pleurer.

— Pauvre gosse ! murmura Lulu, toujours comme dans un rêve éveillé. Cela lui a donné un coup aussi. Vous ne voulez pas lui faire une piqûre ?

— Je ne pense pas que ce soit nécessaire. Ce

qu'il faudrait, à présent, c'est moins de monde, moins d'allées et venues dans la maison.

— Est-ce ma faute si les gens viennent ?

Au fond, j'avais peut-être tort. Cette animation l'empêchait de se trouver face à face avec la réalité crue.

En sortant de la cuisine, Lulu me disait tout bas, en me désignant Adeline d'un léger mouvement de la tête :

— Vous savez que Bob et elle ? ...

Je fis signe que oui.

— Je n'ai jamais été jalouse. Du moment qu'il était heureux...

Alors que j'allais disparaître dans la foule de l'atelier, il m'a semblé qu'Adeline me regardait comme pour me transmettre un message. Je n'en suis pas sûr. Je me suis promis de lui parler à la prochaine occasion.

Lulu continuait :

— La sœur de Bob a téléphoné qu'elle viendrait cette après-midi.

Tout en parlant, elle se frottait la cuisse à l'endroit où j'avais fait la piqûre.

— La sœur de Bob ?

— Vous ne saviez pas qu'il avait une sœur ? Elle a épousé un avoué du quartier Pereire et il allait la voir une ou deux fois par an. Elle est en vacances à Dieppe avec ses enfants. Son mari, qui est resté à Paris, lui a téléphoné la nouvelle et elle m'a tout de suite appelée. Elle est en route, en auto.

J'allais sortir quand j'ai encore une fois rencontré Mlle Berthe, que je soupçonne de s'être placée exprès sur mon chemin.

— Vous lui avez donné un calmant ?

— Oui. Au fait, quand avez-vous été mise au courant ?

— Hier soir, vers sept heures. J'étais chez moi.

Elle habite un appartement à trois maisons de là. On en plaisantait parfois. Bob prétendait que, si elle était si maigre, c'est parce qu'elle passait ses nuits à astiquer son parquet. Devant la porte, révélait-il, se trouvaient deux paires de patins de feutre que l'on devait traîner sous ses semelles pour ne pas ternir le poli du plancher.

— *Une paire pour elle et une pour le visiteur éventuel !*

— *Et si les visiteurs sont deux ?*

— *Ils en sont quittes pour marcher à cloche-pied.*

Mlle Berthe me racontait, toujours dans un chuchotement, ce qui s'était passé la veille au soir. Elle n'avait pas vu l'ambulance qui ramenait le corps, car ses fenêtres donnent sur la cour. C'est sa concierge qui l'avait vue et qui était montée l'avertir.

Pendant une heure environ, il y avait eu un va-et-vient confus, pas trop, cependant, parce que c'était dimanche et que la plupart des voisins n'étaient pas encore rentrés de la campagne.

— Nous sommes restées seules avec lui toute la nuit.

Je dirigeai mon regard vers la chambre à coucher.

— C'est vous qui avez arrangé...

Elle dit oui, ajouta en fermant les yeux :

— J'ai fait sa dernière toilette.

Il est une question que j'aurais voulu lui poser, que je lui poserai peut-être un jour, à moins que je la pose à Lulu, ce qui sera plus simple. Car c'est vrai que Lulu n'est pas jalouse, ne l'a jamais été, en tout cas depuis que je connais le ménage.

A Tilly, Bob a eu un certain nombre d'aventures, toujours faciles, de celles qui ne tirent pas à conséquence et n'ont le plus souvent pas de lendemain. C'était connu de tous les amis du couple, et aussi qu'il lui arrivait d'aller retrouver l'une ou l'autre des ouvrières dans sa chambre. Adeline, la dernière venue, à peine âgée de vingt ans, était du nombre. Pas particulièrement jolie, elle avait un visage attachant.

Qu'en était-il de Mlle Berthe, avec ses quarante-cinq ou cinquante ans, son long nez maigre et ses dessous de laine ? Il était évident qu'elle se consumait pour Bob d'un amour qu'elle cherchait à peine à cacher. Quelle sorte d'amour ? C'est plus difficile à dire. Et je ne serais pas surpris d'apprendre que Dandurand, par charité, peut-être aussi parce qu'il trouvait ça drôle — *crevant !* devait-il dire — était allé parfois lui rendre une courte visite dans le logement aux patins de feutre.

Cela n'expliquerait rien. Ce n'est qu'un des traits de la physionomie de Dandurand. S'il en est ainsi, Lulu le sait et elle répondra à ma question.

Ce qui m'impressionnait le plus, à ce moment-là, c'était l'idée des deux femmes passant la nuit à faire la toilette du mort et à arranger la chambre autour de lui, les bougies, la table avec la nappe et le brin de buis dans l'eau bénite.

Ce n'est que plus tard que j'ai appris ce qui s'était passé auparavant dans la journée du dimanche.

L'éclusier, aidé par l'ébéniste qui l'avait alerté, a d'abord hissé le corps sur la berge et, pendant une quinzaine de minutes, l'éclusier a pratiqué la respiration artificielle tandis que son compagnon téléphonait à la gendarmerie.

Deux gendarmes n'ont pas tardé à arriver à vélo et l'un d'eux a reconnu Bob, qu'il avait souvent vu dans le bief mais dont il ignorait le nom.

— Est-ce que ce n'est pas lui qui se promenait toujours en canoë avec une petite femme boulotte ?

— Il s'appelle Dandurand, dit l'éclusier.

— Ils descendent chez les Fradin, non ?

On n'a pas transporté le corps dans la maison, on l'a étendu sur les dalles de l'écluse et on l'a recouvert d'un morceau de bâche.

A huit heures, le téléphone sonnait au *Beau Dimanche* et Mme Fradin répondait.

— Allô, Mme Blanche ? Ici, le brigadier Jovis. Est-ce qu'une certaine Mme Dandurand est chez vous ?

— Elle dort encore. Pourquoi ?

— C'est bien son mari qui est parti ce matin en canoë ?

— M. Bob, oui. Il lui est arrivé quelque chose ?

— Il est noyé.

Le brigadier Jovis prononçait *nayé*.

— Il vaudrait mieux que vous alliez vous-même réveiller sa femme et qu'elle vienne le reconnaître. Pendant ce temps-là, je téléphonerai au lieutenant, à Melun.

John Lenauer n'était pas levé. Deux ou trois couples, dont les Millot, accompagnés de leur fille, prenaient leur petit déjeuner sur la terrasse. Riri, les mains dans les poches, le calot blanc sur l'oreille, traînait dans la pièce de devant où se trouve le bar.

— Vous ne voulez pas venir avec moi, M. Riri ? Il faut que j'annonce à la pauvre Mme Dandurand que son mari vient de mourir.

Il l'aurait suivie, sans réfléchir. C'est elle qui s'est ravisée.

— Comme elle est encore couchée, c'est peut-être mieux que je n'y aille pas avec un homme.

J'en ai parlé depuis à Mme Fradin, que les gens du pays et les habitués appellent Mme Blanche. Si inattendu que ce soit de la femme de Léon Fradin, qui est, lui, une espèce de brute, elle a été élevée au couvent et, derrière le comptoir de l'auberge, elle en a gardé les manières, y compris, un peu, la façon de s'habiller. Leur fille, d'ailleurs, est au couvent à son tour et, l'été, on l'envoie chez des parents dans le Cher afin de lui éviter tout contact avec la vie turbulente du *Beau Dimanche*

— La porte n'était pas fermée à clef. Mon cœur battait si fort que je suis restée un certain temps avant de la pousser. Elle ne m'a pas entendue entrer. Elle dormait, un bras étendu sur la place où on voyait encore le creux que son mari avait laissé. J'ai appelé :

» — Madame Lulu ! Madame Lulu !

» Elle a d'abord fait un mouvement comme pour chasser une mouche. Contrairement à la plupart des femmes, elle paraît plus jeune quand elle dort et elle a une moue de petite fille. Elle s'est assise brusquement, toute nue, et, en me voyant, a croisé ses mains sur sa poitrine en demandant :

» — Quelle heure est-il ?

» — Huit heures.

» J'ai bien vu qu'elle ne comprenait pas pourquoi j'étais là et je ne savais comment m'y prendre. Sans doute a-t-elle lu sur ma figure que j'apportais une mauvaise nouvelle, car elle s'est écriée en bondissant hors du lit et en se précipitant sur moi :

» — C'est Bob, n'est-ce pas ?

» J'ai fait oui de la tête.

» — Il s'est blessé ?

» Je n'ai pas eu le temps d'ouvrir la bouche. Elle a crié, si fort qu'on l'a entendue dans presque toutes les chambres et jusque sur la terrasse :

» — Il est mort !

» Est-ce que je pouvais prétendre que non ? Alors, elle s'est agrippée à moi, m'enfonçant les ongles dans les poignets, et elle hurlait :

» — Ce n'est pas vrai ! Dites que ce n'est pas vrai ! Où est-il ? Je veux le voir !

» Je crois que, si je ne l'avais pas arrêtée, elle se serait précipitée dehors comme elle était, sans rien sur le corps. Je lui ai tendu un pantalon noir, un sweater que j'ai trouvés sur une chaise. Machinalement, elle a cherché son soutien-gorge des yeux et l'a mis, s'est même donné un coup de peigne pendant que je lui expliquais :

» — Il est à l'écluse des Vives-Eaux. J'ignore comment l'accident s'est produit. Le brigadier n'a pas pris le temps de me le dire...

» Riri nous attendait au pied de l'escalier.

» — Je vais vous conduire, a-t-il proposé. Vous avez la clef de la voiture ?

» — Je ne sais pas où Bob l'a mise.

» — Cela n'a pas d'importance. Je prendrai l'auto de John. Il laisse toujours sa clef dessus.

» Je suis quand même arrivée à lui faire boire une tasse de café avant de partir. Les clients la regardaient sans trop oser s'approcher d'elle. Je les comprends. Dans ces cas-là, on ne sait que faire. C'est Riri qui a saisi une bouteille de rhum sur l'étagère et lui en a versé un plein verre. Elle n'a pas dû se rendre compte de ce qu'elle buvait et, en toussant, elle en a répandu sur son sweater.

» Je ne les ai pas revus, ni elle, ni Riri, de la matinée. M. John, quand il s'est enfin réveillé — il est le seul à ne rien avoir entendu — est parti dans une auto qu'il a empruntée.

» Ils sont revenus tous les trois vers deux heures pour déjeuner. Il paraît qu'ils ont dû aller jusqu'à Melun où l'on a d'abord transporté le corps.

— Ils ont déjeuné ici ?

Elle dit oui. C'est tout ce qu'elle savait. Après le repas, Lulu a entassé ses affaires et celles de Bob dans la valise et John l'a conduite à Melun. Elle n'a pas pu se servir de son auto, car elle ne sait pas conduire.

Riri ne m'a presque rien appris. Malgré son visage et sa démarche de jeune gouape, il a, quand il s'agit des femmes, des délicatesses inattendues.

— Lulu est un chic type ! s'est-il contenté de me déclarer. Quant au lieutenant, j'avais bien envie de lui casser la gueule.

— Pourquoi ?

— A cause des questions qu'il posait.

Le lieutenant de gendarmerie, que je ne connais pas, a tout de suite cru à un suicide plutôt qu'à un accident. Il paraît que, dans l'après-midi, un de ses hommes, utilisant le canoë de Bob, la corde à rideau et le poids de cinq kilos, a lancé celui-ci à l'eau plus de cinquante fois, de toutes les façons possibles, sans qu'une seule fois la corde se prenne à sa cheville de la même façon qu'elle s'était enroulée autour de celle de Dandurand.

A dix heures du matin, déjà, le lieutenant avait fait transporter le corps, en camionnette, à la caserne de Melun, où il avait appelé le médecin légiste. Avait-il une idée de derrière la tête ? Envisageait-il la possibilité d'un crime ? Si oui, les témoignages de ceux qui ont vu Bob quitter le *Beau Dimanche* et de ceux qui l'ont vu passer dans le bief à l'arrière de son embarcation ont dû le détromper.

Je ne pense pas, comme Riri, que ce soit une sorte de sadique, mais plutôt un minutieux, un de ces hommes qui veulent la perfection dans les moindres détails. Il est en contact quotidien avec toutes espèces de gens. Lulu sentait l'alcool. Avec son pantalon noir qui la moulait, son sweater pas frais, ses cheveux peignés à la diable, plus sombres à la racine parce qu'elle les teint, il a dû la prendre pour ce qu'elle n'est pas.

John Lenauer a entendu une partie de ses questions, dans le bureau de la gendarmerie où le lieutenant s'est assis sans inviter les autres à en faire autant. Deux fois, John, furieux, s'est interposé, et on a fini par le faire sortir de la pièce, le gendarme a même demandé à Lulu :

— C'est votre amant ?

Auparavant, il avait voulu savoir si elle s'était disputée la veille avec Bob, si celui-ci avait une maîtresse, combien il gagnait comme agent de publicité d'un magazine peu répandu pour lequel il travaillait depuis deux ans.

— Que faisait-il avant cela ?

— Il a été représentant de commerce pour une fabrique de chaussures.

— A Paris ?

— Oui.

— On l'a mis à la porte ?

— Non.

— Pourquoi a-t-il changé de métier ?

— Parce qu'il en avait assez.

— Cela lui est arrivé souvent de changer ?

— Chaque fois qu'il en a eu envie.

— En somme, si je comprends bien, c'est vous, avec vos chapeaux, qui faisiez bouillir la marmite ?

— J'apportais ma part.

— La plus grosse ?

— Pas toujours.

C'était d'autant plus cruel que le lieutenant ne se trompait pas de beaucoup. J'ai connu, en treize ou quatorze ans, Bob Dandurand dans vingt emplois différents et ce n'est pas toujours de son plein gré qu'il les quittait. Il ne parvenait pas à prendre au sérieux les tâches que lui imposait la nécessité de gagner sa vie.

— Vous ne le lui avez jamais reproché ?

— Lui reprocher quoi ? Je n'avais pas de reproches à lui faire.

Un *chic type*, avait dit Riri en parlant d'elle, et, dans sa bouche, le compliment avait sa pleine valeur. Elle s'était défendue bravement, ou plutôt elle avait défendu bravement son Bob contre les insinuations du gendarme. L'avait-elle convaincu ? C'est une autre histoire.

— Qu'a-t-il bu pendant la soirée d'hier ?

— Du vin.

— Combien de verres ?

— Je ne les ai pas comptés.

— Il buvait beaucoup ?

Il cherchait, lui aussi, à sa façon, une raison à une mort que personne n'était capable de lui expliquer. Ce qu'il voulait, c'était une vérité simple, noir sur blanc.

— Il était ivre en se couchant ?

Elle répondait, les dents serrées, le regard fixe :

— Je ne l'ai jamais vu ivre.

— Il fréquentait les bars ?

Le médecin légiste, après avoir examiné le corps, avait dû lui dire que Dandurand était un alcoolique, ce qui, au sens médical du mot, était la vérité.

— Il avait des dettes ? Vous lui connaissiez des ennemis ?

Puis, une fois de plus, il avait insisté pour savoir si Bob avait des maîtresses, si elle-même avait des amants.

Quand il s'était enfin lassé de poser des questions sans résultat, elle avait demandé la permission d'emporter le corps.

— Venez me voir cet après-midi. Je dois avant tout faire mon rapport au procureur.

Celui-ci passait la journée chez des amis, du côté de Corbeil, et il avait fallu un certain temps pour le toucher par téléphone. Quand enfin, vers quatre heures, les formalités avaient été terminées, le lieutenant avait déclaré :

— Il vous reste à trouver une ambulance pour le transporter, à moins que vous préfériez le fourgon mortuaire.

Cela avait pris près d'une heure encore, car il n'y avait pas d'ambulance disponible immédiatement. Lulu y était montée avec le corps de son mari, refusant que Riri et John l'accompagnent. Les Parisiens commençaient à rentrer du week-end et, sur la route de Fontainebleau, les voitures roulaient en cortège, la circulation ayant été bloquée pendant plus d'un quart d'heure à cause d'un accident d'auto qui venait de se produire dans la côte de Juvisy. Un agent à motocyclette avait même parlé de réquisitionner l'ambulance pour un blessé et n'y avait renoncé qu'à la vue du mort.

On ne m'en a jamais parlé, mais je suis sûr

qu'on n'a pas dansé, ce soir-là, sur la terrasse du *Beau Dimanche*.

— Qu'est-ce qu'elle dit ? m'a demandé ma femme quand je suis rentré déjeuner le lundi, au retour de chez Lulu.

— Que voudrais-tu qu'elle dise ? Il paraît que Bob s'est suicidé.

— Lui ? Tu crois ça ?

— Il faut bien. Cela semble évident.

— Pourquoi aurait-il fait ça ?

— On n'en sait rien.

Qu'est-ce qu'on sait des autres, en définitive, alors qu'on ne sait pas grand-chose de soi-même ? Je me souviens que, tout en mangeant ma côtelette, j'ai regardé ma femme assez fixement pour qu'elle questionne, un peu gênée :

— A quoi penses-tu ?

Faute de pouvoir lui répondre, j'ai murmuré :

— A rien. A tout.

En réalité, je venais d'avoir une pensée bien précise. A supposer que ce soit mon corps, au lieu de celui de Bob Dandurand, qu'on eût retiré de la Seine, en dessous du barrage des Vives-Eaux, qu'est-ce que Madeleine aurait répondu à la question qu'elle venait de me poser :

— *Pourquoi aurait-il fait ça ?*

J'ai essayé d'imaginer ses réponses, celles de mes amis, de mes clients, de tous ceux qui m'approchent plus ou moins régulièrement et sont persuadés qu'ils me connaissent.

J'en ai eu froid dans le dos, parce que, tout à coup, je me suis rendu compte que j'étais seul au monde.

3

C'est la concierge, avec la complicité de la vieille dévote au prie-Dieu, qui a tout arrangé. L'une et l'autre sont folles, paraît-il, d'un vicaire de la paroisse qu'elles alertent dès que quelqu'un tombe malade dans la maison, de sorte qu'un locataire ne peut s'aliter sans voir le prêtre à son chevet.

Je n'ai jamais discuté religion avec Dandurand. Je sais qu'il n'allait pas à la messe et que Lulu ne pratiquait pas non plus.

Quand ma femme, le lundi après-midi, s'est rendue rue Lamarck, l'abbé Doncœur était là, plus grand et plus fort que tout le monde autour de lui, à discuter avec Lulu, tandis qu'un imprimeur attendait le texte définitif des faire-part. J'ai reçu le mien le mardi à midi. Les quatre ouvrières s'y étaient mises pour écrire les adresses. Le faire-part annonçait les obsèques pour le mercredi à dix heures, avec absoute à l'église Saint-Pierre de Montmartre. L'abbé Doncœur a-t-il demandé une dispense à son évêque ou bien le fait que le suicide n'est pas formellement prouvé a-t-il suffi pour ouvrir les portes de l'église à la dépouille de Dandurand ?

Une phrase que Lulu m'a dite plus tard me

donne à penser qu'elle s'est laissé forcer la main sans trop de difficulté.

— *Je crois qu'il aurait préféré, lui aussi, que cela se passe dans les formes, ne fût-ce que pour sa famille.*

Quand, le lendemain matin, à dix heures moins le quart, je me suis rendu rue Lamarck avec ma femme, je ne connaissais à peu près rien de la famille Dandurand. Bob n'y faisait jamais allusion, pas plus qu'à la façon dont il avait été amené à s'installer à Montmartre. Tout au plus rappelait-il parfois qu'il s'était essayé comme chansonnier, sans le moindre succès, dans un cabaret proche de la place Blanche.

J'ai rarement vu une journée d'été plus glorieuse que celle-là. Le soleil était aussi aveuglant que les jours précédents, avec une brise paradisiaque qui communiquait au feuillage des arbres le même frémissement voluptueux qu'aux robes légères des femmes. Beaucoup de monde stationnait devant la maison mortuaire, dont la porte était tendue de noir, et la chapelle ardente avait été installée, en fin de compte, dans la boutique qu'on ne reconnaissait pas.

De nombreux visages m'étaient familiers. Les voisins, les voisines, étaient là, des clientes de Lulu aussi, et les hommes que Bob avait l'habitude de rencontrer dans les bistrots, ceux avec qui il jouait aux cartes. Justin, le patron du café de la place Constantin-Pecqueur, portait un complet noir et une chemise empesée ; il était si net, si important, serrait tant de mains sur le trottoir qu'il semblait être le personnage principal de la cérémonie.

Le lundi, je m'étais demandé où Lulu coucherait pendant les deux nuits qui la séparaient des obsèques car le corps de Bob était toujours dans la chambre. Il existait bien un canapé, contre un des murs de l'atelier, mais il était dur, étroit, et je savais qu'on ne la laisserait pas seule dans l'appartement.

Quand j'en ai parlé à ma femme, elle m'a dit :

— Tout est arrangé. Elle ira chez Mlle Berthe.

J'ai répondu sans réfléchir :

— Il n'y a qu'un lit.

— Deux femmes peuvent dormir dans un même lit, non ?

Cela m'a quand même gêné. J'ai essayé de les imaginer toutes les deux dans le logement trop astiqué de la vieille fille, tandis qu'on laissait Bob tout seul derrière la boutique. Je voyais mal Lulu, habituée à dormir avec son mari, se heurter, la nuit, au corps maigre de Mlle Berthe. J'ai ressenti un malaise similaire aux obsèques, quelque chose d'indéfinissable m'a frappé, je ne sais quoi au juste, un curieux mélange de respect pour la tradition et de non-conformisme.

Les faire-part, la chapelle ardente, l'absoute à l'église, tout cela fait partie de la convention. Pas le corps abandonné pour deux nuits derrière les volets clos, ni d'autres détails presque impossibles à citer parce que chacun est insignifiant en lui-même. Par exemple, quand je suis entré dans la maison pour m'incliner une dernière fois devant le cercueil, Lulu n'était pas dans la chapelle ardente. J'ai entrouvert la porte de l'atelier, comme on se glisse, en familier, dans les coulisses d'un théâtre. Je l'ai surprise, debout devant un miroir, avec une de ses ouvrières qui fixait un petit chapeau noir et blanc sur sa tête. Elle paraissait fatiguée, mais moins que je l'aurais cru, et cela ne l'empêchait pas d'avoir l'œil à tout.

— Le corbillard est arrivé ? m'a-t-elle demandé avec inquiétude.

— Pas encore.

— Il sera là dans trois minutes. Vous avez vu la foule dans la rue, Charles ?

J'ai le plus souvent connu Lulu habillée de clair, hiver comme été, sauf le pantalon noir que, je ne sais pourquoi, elle a adopté à Tilly. Pour la première fois, je la voyais toute en noir. Sa couturière avait dû lui faire la robe pour la circonstance et, sous prétexte de la chaleur, avait choisi un satin mat très léger.

— Tu es sûre, Louise, qu'il ne me faut pas quelque chose de blanc autour du cou ?

Et Louise, la seconde ouvrière, de répondre, des épingles entre les lèvres :

— Cela tuerait le blanc du chapeau.

La coiffeuse était passée aussi, ou Lulu était allée chez elle. Ses cheveux étaient d'un roux plus accentué que d'habitude. Naturellement, elle était châtain clair, mais, depuis que je la connaissais, elle se teignait en blond cuivré. Comme, d'année en année, elle accusait toujours un peu plus la couleur, elle en était arrivée, aujourd'hui, à un roux presque flamboyant.

Un verre d'alcool était posé sur la table à portée de sa main. Ce n'était probablement pas elle qui l'avait réclamé. On avait dû lui dire :

— Prends des forces. Tu en auras besoin tout à l'heure.

Elle m'a demandé :

— Sa sœur est toujours là ?

C'est ainsi que j'ai appris que la femme grande et distinguée que j'avais aperçue dans la pénombre de la chapelle ardente était la sœur de Bob. Elle m'a moins impressionné que les enfants qui l'accompagnaient, surtout le jeune homme, âgé d'une vingtaine d'années, qui ressemble tellement à Bob que, pendant l'absoute, je n'ai pu en détacher mon regard. Je m'attendais, sans raison, à voir des enfants de l'âge des miens, et c'étaient déjà un grand jeune homme et une jeune fille qui paraissaient un peu déroutés de découvrir un monde nouveau.

L'avoué Pétrel, le mari, n'était pas rue Lamarck. Il a rejoint le cortège en route et s'est glissé près de sa femme, au premier rang. C'est un petit homme, sec, grisonnant, qui porte la rosette de la Légion d'honneur et a une certaine allure.

Moins que sa femme et ses enfants, pourtant. La sœur de Bob était en noir aussi, mais sa robe était d'une classe tellement différente de celle de Lulu que celle-ci devenait d'une vulgarité gênante.

J'ai peu observé sa fille, qui a la banalité de ce qu'on appelle une jeune fille bien élevée.

C'est toujours au jeune homme que j'en reviens, Jean-Paul, comme je l'ai appris plus tard. A-t-il eu l'occasion de rencontrer son oncle au cours des rares visites que celui-ci faisait boulevard Pereire ? Dandurand ne s'arrangeait-il pas pour se trouver seul à seul avec sa sœur ? Dans le premier cas, cela devait être troublant pour tous les deux de se trouver face à face, plus ressemblants que la plupart des pères et des fils. Ce qui aurait été curieux aussi, c'eût été de comparer leurs attitudes. Bob s'était assimilé à Montmartre au point qu'il en avait les moindres tics et qu'il en affectait l'argot ainsi qu'une désinvolture cynique qui, boulevard Pereire, ne pouvait qu'être jugée de mauvais aloi.

Jean-Paul, au contraire, possédait une élégante aisance que tempérait tout juste une ombre de timidité. Il était aussi grand que sa mère et, tout le temps de la cérémonie, s'occupa d'elle avec des attentions d'amoureux.

La plupart des habitués de Tilly étaient là, y compris Léon Fradin, en noir, cravate noire sur sa chemise blanche, la face et les mains couleur de terre cuite.

Au moment de former le cortège, il y eut, comme toujours, un certain flottement. Lulu, naturellement, est allée se poster derrière le corbillard tandis que le maître de cérémonie, à qui elle n'avait pas donné le temps de l'accompagner, conduisait Mme Pétrel et ses enfants.

Les deux femmes s'étaient-elles parlé dans la maison ? Je n'en sais encore rien. En réalité, le lundi après-midi, quand elle était arrivée de Dieppe, alors que le désordre battait son plein, Mme Pétrel s'était tout de suite approchée de Lulu, qu'elle avait reconnue, soit par des photographies que Bob lui avait montrées, soit par la description qu'il lui en avait faite.

— Je suis sa sœur, avait-elle dit.

Ayant pénétré dans la chambre, elle était restée une dizaine de minutes à se recueillir, sans pleurer, sans un mot, cependant que Lulu ne savait que faire, ni où se mettre. En partant, elle s'était contentée de murmurer :

— Vous me ferez savoir la date et l'heure de la cérémonie.

Ce matin-là, elle n'avait adressé la parole à personne, sauf à trois messieurs que Lulu ne connaissait pas, deux d'un certain âge et un très vieux que les autres saluaient avec respect.

Juste au moment où le corbillard s'ébranlait, Lulu s'était retournée, peut-être gênée de se trouver seule au premier rang avec la famille de son mari. Elle avait adressé un signe à quelqu'un qui se trouvait derrière moi et, comme on ne répondait pas à son appel, était allée chercher Mlle Berthe et l'avait forcée à prendre place auprès d'elle.

Nous formions un petit groupe, avec John Lenauer, Riri et la petite Mme Millot de qui le mari n'a pas pu venir, et Léon Fradin a fini par se joindre à nous.

J'ignore combien il y avait de personnes dans le cortège ; j'en évalue le nombre à trois cents au moins car, en me retournant, j'ai vu la rue noire sur une longueur de plus de cent mètres.

On gravissait lentement l'avenue Junot et les gens saluaient au passage, puis le corbillard se faufilait dans les rues étroites de la Butte et ne tardait pas à atteindre la place du Tertre.

Celle-ci, malgré l'heure matinale, était déjà couverte de tables aux nappes à carreaux rouges et de parasols. Un car bondé d'étrangers stationnait en face d'une des terrasses et une grande fille blonde, en short, prit des photographies.

Le garde champêtre de la Commune libre était là, avec son sarrau bleu clair, son tambour et son képi. Il connaissait bien Bob. Ils ont dû souvent boire le coup ensemble. J'ignore s'il s'est mis en tenue pour l'occasion. Toujours est-il qu'au moment où le cercueil pénétrait dans l'église, il s'est raidi comme un soldat en parade et a battu le ban.

Si les femmes pénétraient toutes dans la nef, beaucoup d'hommes restaient dehors et la plupart allaient sûrement se précipiter vers les comptoirs des environs.

Lulu et Mlle Berthe se sont trouvées seules au premier rang d'un côté du catafalque tandis que les Pétrel se tenaient de l'autre.

Lulu avait vraiment eu tort de se faire teindre

les cheveux la veille de l'enterrement et la couturière, elle aussi, avait été mal inspirée en choisissant un modèle de robe aussi collant que les pantalons de Tilly. Etait-ce le contraste de la soie noire et du soleil ? Je ne sais pas, mais jamais Lulu ne m'a paru aussi nue : elle donnait l'impression de n'avoir rien d'autre que sa robe sur le corps.

On avait laissé les portes de l'église ouvertes, de sorte que les bruits du dehors se mêlaient à la musique des orgues et aux chants liturgiques. L'abbé Doncœur officiait, grand, musclé, tellement vigoureux que, sur lui, la soutane et le surplis faisaient l'effet d'un travesti. Dans la rue, tout à l'heure, derrière la croix que portait un enfant de chœur, il marchait à grands pas, comme un joueur de football, lançait les versets d'une voix forte et regardait les passants dans les yeux comme par défi.

Le soleil du dehors et la pénombre de l'église formaient un savoureux mélange et, dans la fraîcheur qui régnait sous les voûtes, voletaient des bouffées tièdes qui avaient l'odeur de la ville.

Les hommes restés sur la place du Tertre rentrèrent pour l'Offrande.

La famille seule se rendait au cimetière, dans le corbillard automobile, avec l'abbé Doncœur et son acolyte, car, faute de place au cimetière de Montmartre, Bob Dandurand allait être inhumé à Thiais.

Ces corbillards-là me font toujours penser à des chars à bancs. Lulu a exigé que Mlle Berthe y monte avec elle. Elle avait l'air de chercher quelqu'un des yeux et je suis sûr que, s'il y avait eu plus de place, elle aurait appelé ses trois autres ouvrières.

La même confusion se produisit qu'au départ

de la rue Lamarck. Des groupes se reformaient. Certains se dirigeaient ouvertement vers les tables des terrasses et une marchande de fleurs offrait ses bouquets. Nous nous retrouvions ensemble, ma femme, John Lenauer, Riri et Mme Millot, et John parlait de nous offrir un verre quand j'aperçus Adeline, seule au bord du trottoir, qui regardait dans ma direction.

J'avais laissé ma voiture rue Caulaincourt. Je devais faire deux visites avant de rentrer. Je dis à ma femme et aux autres :

— Je vous laisse.

— Vous ne prenez pas un coup sur le pouce ?

Je fis signe que non. Adeline s'était mise en marche vers les escaliers de la rue du Mont-Cenis et je la rejoignis en quelques enjambées. Si elle avait quelque chose à me dire, je lui en fournissais ainsi l'occasion.

— Vous retournez rue Lamarck ? lui demandai-je.

— Non. On ne travaille pas cette après-midi. Je rentre chez moi, rue Championnet.

— Vous vivez avec vos parents ?

Elle me regarda avec surprise, presque avec reproche.

— Même si je le voulais, ce serait difficile. Ils habitent le Finistère.

Elle faisait moins jeune quand elle parlait, comme si sa voix était trop mûre pour son corps et pour son visage.

— C'est fini, soupira-t-elle à la façon dont on constate un fait, après quelques pas en silence.

Des gens nous dépassaient. Nous ne marchions pas vite et elle balançait son sac à main à bout de bras comme les jeunes filles qu'on voit se promener avec un amoureux. Je faillis questionner :

— Qu'est-ce qui est fini ?

Mais je comprenais son état d'esprit. Le front sérieux, elle poursuivait son idée :

— Je suppose que c'est sûr qu'il s'est suicidé ?

— Aussi sûr que cela peut l'être en pareil cas.

— C'est drôle, murmura-t-elle alors.

Je sentais qu'elle avait envie de continuer et qu'elle hésitait. Pour l'aider, je posai une question.

— Quand l'avez-vous vu pour la dernière fois ?

Elle répondit en donnant aux mots un poids particulier :

— Samedi après-midi.

C'était ça son secret. Je m'étais demandé comment Bob avait employé cette après-midi-là, qui était sa dernière. Mlle Berthe m'avait répondu qu'il avait probablement joué aux cartes *Chez Justin*.

Je dis, toujours pour l'aider :

— Chez vous ?

Elle fit signe que oui, ajouta après un silence :

— J'habite en hôtel meublé et je reçois qui il me plaît. Il venait assez souvent me rejoindre, surtout le samedi après-midi. La patronne le sait. Elle n'a jamais été jalouse.

— Elle a su, pour samedi dernier ?

— Elle ne m'en a pas parlé. A cause de ce qui est arrivé le lendemain à Tilly, j'ai cru bien faire de ne rien lui dire.

— Il est resté longtemps avec vous ?

— Il ne restait jamais longtemps.

— Il était amoureux ?

Elle haussa les épaules, surprise que je lui pose cette question-là, à laquelle elle ne s'attendait pas de ma part.

— Je ne compte pas plus que les autres. Il

prenait son plaisir, allumait une cigarette et c'était tout. Je ne lui en veux pas. J'aime mieux que cela se passe ainsi, sans complications.

Il y avait quelque chose, j'en étais sûr, qu'elle ne m'avait pas encore dit et qu'elle avait envie de me dire.

— Il s'est comporté comme les autres fois ?

— Plus ou moins. Au début, la différence ne m'a pas frappée. En arrivant, il commençait par plaisanter et il plaisantait à nouveau au moment de s'en aller.

— Il ne l'a pas fait samedi dernier ?

— Pas de la même façon. Il m'a paru plus passionné que d'habitude. Juste au moment de sortir du lit, il a prononcé :

» — C'est idiot !

» — Qu'est-ce qui est idiot ? lui ai-je demandé. De faire l'amour avec moi ?

» Il a eu un drôle de rire.

» — Non. Ne fais pas attention. Tu es une bonne petite. Et, au fond, tu méritais mieux.

» — Je méritais mieux que toi ?

» — Je parle tout seul, comme les vieillards.

» Il s'est rhabillé en sifflotant. C'est une manie qui m'a toujours vexée. Puis il a allumé une cigarette et m'en a offert une. J'étais restée étendue, car je comptais dormir après son départ. On aurait dit qu'avant de s'en aller il avait envie de parler, mais qu'il ne trouvait pas les mots.

» — En définitive, a-t-il commencé, le monde est plein de gens qui...

» Comme il s'arrêtait, j'ai insisté :

» — Qui quoi ?

» — Rien. C'est trop compliqué. Cela ne sert à rien de penser.

» Il s'est approché du lit et, avant de m'embrasser, m'a regardée longuement des pieds à la tête. Son expression était si différente de son expression habituelle que j'en avais un peu peur.

» — Lulu est une brave petite aussi, a-t-il soupiré. Toi, tu es encore toute jeune...

» J'ai plaisanté :

» — Jeune et flétrie !

» Cela a paru le fâcher. Il voyait que je me moquais de lui et de moi. D'habitude, il était le premier à rire de tout, surtout de ce qui ne fait pas rire les autres, de ce que la plupart des gens respectent. Quand il rencontrait un prêtre dans la rue, je l'ai entendu lancer avec un coup de chapeau :

» — Salut, cureton !

» Or, à cause de ma plaisanterie, j'ai vu ses yeux s'assombrir. Il avait les prunelles claires, vous vous souvenez, d'un gris-bleu qu'on trouve rarement chez un homme, mais, par moments, elles pouvaient tourner au gris sombre d'un nuage d'orage.

» Cela n'a pas duré. Au lieu de m'embrasser sur la bouche, il a posé les lèvres sur mon front. Je regrette maintenant que cela m'ait fait rire. Si j'avais su, je n'aurais pas dit, à cause de ce baiser-là :

» — Au revoir, papa !

» Etait-il réellement fâché ou non ? Je ne l'ai vu que de dos, qui se dirigeait vers la porte. Il l'a ouverte pour sortir et ne s'est pas retourné, puis il s'est arrêté dans l'escalier pour rallumer sa cigarette, qu'il avait laissé éteindre.

» J'avais besoin d'en parler à quelqu'un. A présent, c'est fait. Déjà, lundi, quand vous êtes venu rue Lamarck, j'ai eu l'impression que vous vous efforciez de comprendre. Je suis à peu près sûre qu'il avait une idée de derrière la tête et

60

que, quand il est entré dans ma chambre, sa décision était déjà prise.

Elle s'est tournée vers moi et m'a regardé avec insistance.

— Vous comprenez l'effet que cela m'a produit ?

Je croyais comprendre, encore qu'elle ne s'expliquât pas. Elle était la dernière femme que Bob eût tenue dans ses bras. Il n'ignorait pas, en pénétrant dans l'hôtel meublé, que c'était la dernière fois qu'il allait faire l'amour. Je jurerais, moi aussi, qu'il avait mis tous les détails au point. Il n'a pas agi, le dimanche matin, dans un moment de découragement, ni sous le coup d'une impulsion soudaine.

Ayant décidé de mourir, il s'est ingénié à le faire décemment. C'était dans son caractère. Il a dû envisager toutes les formes de suicides, cherchant celle qui ferait passer sa mort pour un accident.

Se souciait-il de l'opinion de sa sœur et des gens du boulevard Pereire ? Je n'en sais rien. Je ne le pense pas. C'est pour Lulu qu'il a organisé sa mise en scène, pour qu'elle ne sache pas.

Il n'a jamais eu de goût pour la pêche et ce n'était pas l'homme à se lever de gaieté de cœur à quatre ou cinq heures du matin. La pêche au brochet lui fournissait une excuse plausible pour se trouver seul dans le canoë alors que le bief était à peu près désert. S'il avait enroulé la corde un seul tour à sa cheville au lieu de deux, personne, j'en suis persuadé, pas même le lieutenant de gendarmerie, n'aurait soulevé la question de suicide.

Nous nous tenions au coin de la rue Caulaincourt et de la rue du Mont-Cenis, Adeline et moi, et la plupart des gens qui passaient étaient encore des gens de l'enterrement.

— Il savait, prononçait-elle en regardant le trottoir, et il était quand même dans mon lit. Je crois que j'en ai pour quelque temps avant de laisser un homme me prendre dans ses bras.

Sa lèvre inférieure se gonflait comme si elle allait pleurer. Je lui ai saisi le coude.

— Vous finirez par ne plus y penser, lui ai-je dit sans trop y croire.

Certaines images de Bob lui reviendraient probablement plus d'une fois et lui gâteraient des moments qui auraient pu être agréables.

Ce n'est qu'à l'instant où j'allais la quitter qu'elle s'est décidée à vider le fond de son sac, corrigeant d'un sourire ironique ce que sa phrase pouvait avoir de sentimental.

— S'il s'était montré tel qu'il était, au lieu de toujours faire le clown, j'aurais pu en être amoureuse.

Cette phrase-là m'a frappé. Elle me revient souvent à la mémoire quand je pense à Bob Dandurand. Au fond, l'attitude d'Adeline n'est pas sans certaines analogies avec mes propres réactions.

Je n'ai jamais pensé particulièrement à un clown mais, tant que Bob a vécu, je ne l'ai jamais non plus pris fort au sérieux. De tous ceux qui fréquentaient les Dandurand à Tilly, ou dans l'arrière-boutique de la rue Lamarck, y en avait-il beaucoup à le prendre au sérieux ? On aurait plutôt été tenté de donner du poids aux paroles et aux opinions de Lulu qu'aux siennes.

Dans une ville comme Paris, où quatre millions d'êtres humains vivent côte à côte, en un frottement de tous les instants, le mot ami n'a pas tout à fait le même sens qu'ailleurs.

Pour moi, Bob était un ami, comme John Lenauer en est un, comme Gaillard, presque autant que les Millot sont nos amis parce qu'ils nous ont invités deux ou trois fois à dîner et à faire un bridge. Mais, en dehors de ce qu'ils veulent bien nous laisser voir d'eux-mêmes, tous, tant qu'ils sont, nous ne connaissons presque rien d'eux.

Peu de gens ont autant d'amis de cette sorte que les Dandurand, pour des tas de raisons, en particulier parce que leur maison était toujours ouverte et qu'on était sûr, n'importe quand, à n'importe quelle heure, d'y trouver de la compagnie. C'est plus rare que cela paraît à première vue, quand on a une heure de libre, de pouvoir dire :

— On va chez les Untel.

Ils n'étaient presque jamais absents, pratiquement jamais. On n'avait pas l'impression de gêner. Il n'y avait rien à salir, à abîmer. On ne dérangeait le travail ou le plaisir de personne. La première phrase de Bob était invariablement :

— *Un coup de blanc ?*

Quelquefois, en temps de presse, les ouvrières travaillaient tard le soir, sans que cela les dérangeât qu'on bavarde autour d'elles, ou même qu'on les taquine.

C'était un peu un terrain neutre, comme un café, mais un café où chacun serait libre d'agir ou de parler à sa guise avec la certitude de ne choquer personne.

J'y ai rencontré des gens appartenant à des classes sociales très différentes, un juge de paix, entre autres, petit et rond, le crâne chauve, qui s'asseyait timidement dans un coin et restait immobile toute la soirée, content de ce qu'on le gardât là, dans une atmosphère de paresseux laisser-aller. Peut-être était-ce exprès, pour créer cette atmosphère, que Bob lançait parfois un paradoxe renversant, une phrase qui, partout ailleurs, aurait passé pour sacrilège, ou encore un mot cru qui, dit par lui, chez lui, ne faisait pas rougir.

Il n'y a pas si longtemps que je me suis demandé comment ma femme et moi avions pris le chemin de la rue Lamarck et j'ai dû faire un effort de mémoire pour m'en souvenir. Un peu avant la guerre nous nous étions arrêtés par hasard au *Beau Dimanche* et nous avions pris l'habitude d'y retourner assez régulièrement quand le temps était beau. Si Mme Blanche ne nous avait pas adoptés et si elle ne m'appelait pas encore M. Charles, elle commençait pourtant à nous regarder d'un œil favorable. Elle ne nous réservait pas la même chambre chaque samedi, certes, faveur dont ne jouissaient que les anciens, mais elle trouvait toujours à nous loger au dernier moment.

Nos fils, à cette époque, n'étaient pas nés. Je me rappelle les regards que ma femme me lançait, le soir, sur la terrasse, quand le hasard nous plaçait non loin de la table qui réunissait les Dandurand, John, Riri et Yvonne Simart ainsi que quelques autres qui, par la suite, ont cessé de venir.

Les bouteilles de vin blanc défilaient à une vitesse qui nous suffoquait et c'était à qui, de Bob ou de John, inventerait les farces les plus loufoques ou les plus extravagantes.

Nous dormions, un samedi soir, quand on a frappé timidement à notre porte. En pyjama, sans faire de lumière, je suis allé ouvrir et j'ai aperçu Bob, en pyjama aussi, qui n'était éclairé que par la lune.

— On me dit que vous êtes médecin, mur-mura-t-il avec embarras.

Je ne l'avais jamais vu embarrassé jusqu'alors et je n'imaginais pas qu'il pût l'être.

— Ma femme ne se sent pas bien. Elle a de terribles douleurs qui l'ont prise il y a une heure et, maintenant, elle n'en peut plus.

Ils occupaient déjà la chambre dans laquelle, samedi, il a passé sa dernière nuit.

— Je sais qu'il n'est pas correct de déranger un médecin en vacances, mais je me suis dit...

Je n'avais pas ma trousse avec moi. Je me suis contenté de passer une robe de chambre et je l'ai suivi. Lulu, nue sous un drap, avait les lèvres blanches, le visage ruisselant de sueur, et elle tenait les deux mains crispées sur son bas-ventre.

— Il vous est déjà arrivé d'avoir de ces dou-leurs-là ?

Elle me fit signe que oui et son regard me sup-pliait de mettre fin à son martyre. Je tâtai l'abdo-men, pour m'assurer qu'il ne s'agissait pas d'une appendicite, et je commençais à chercher les contours du foie quand elle me dit, les dents presque serrées :

— Ce n'est pas ça.

On l'avait donc examinée dans les mêmes cir-constances et elle savait ce que mes gestes signi-fiaient.

— Je suis en train de faire une fausse couche, finit-elle par prononcer en lançant un regard de détresse à son mari.

J'ai prié celui-ci d'aller chercher une bouillotte d'eau chaude et je suppose qu'il a réveillé Mme Fradin. Ensuite, je l'ai envoyé à Corbeil, en auto, avec une ordonnance. Les dou-leurs n'étaient pas continuelles, venaient par vagues, à peu près comme les douleurs de l'enfantement, en plus violent. Pendant les répits, Lulu me parlait, comme elle aurait parlé à n'importe qui, pour se rassurer et s'étourdir.

— C'est la cinquième fois, docteur. La dernière, le médecin m'a prévenue que, si cela m'arrivait encore, je risquais d'en mourir.

— Vous ne mourrez pas cette fois, je vous le promets.

— Sûr ?

— Quel est le médecin qui vous a dit ça ?

Elle me cita le nom d'un de mes confrères qui a son cabinet rue Lepic.

— Il voulait que je prévienne mon mari afin qu'il fasse en sorte que cela n'arrive plus.

— Votre mari a refusé de prendre des précautions ?

— Je ne lui ai pas dit.

— Pourquoi ?

De nouveaux spasmes l'ont secouée. A l'accalmie suivante, j'ai demandé :

— Vous avez envie d'un enfant ?

Elle a répondu oui, mais ce n'était pas un oui catégorique. Si c'était une de ses raisons, cela ne devait pas être la seule.

— Votre mari en désire ?

— Il ne m'en a jamais parlé.

J'ai cru comprendre et je n'ai pas eu le courage d'insister. Elle m'observait intensément, guettant mes réactions. Je suis persuadé qu'elle a su que je l'avais devinée et m'a été reconnaissante de n'en rien dire.

Depuis cette nuit-là, elle a une complète confiance en moi. Bob est rentré avec les médicaments que j'avais prescrits et qui m'ont permis tout au moins d'atténuer les douleurs. Il a paru content de me trouver au chevet de sa femme, une main de celle-ci dans la mienne, et de la voir lui sourire.

Deux semaines plus tard, nous faisions partie du groupe que nous avions jugé si bruyant et, à l'automne, nous allions dîner pour la première fois rue Lamarck en même temps que le peintre Gaillard.

Au printemps suivant, Lulu a fait une autre fausse couche, moins dangereuse, et est encore allée trouver son médecin de la rue Lepic.

Bob Dandurand m'a demandé :

— C'est un bon docteur ?

— Je n'ai aucun mal à en dire.

Il m'a regardé avec grand sérieux et a murmuré :

— Merci.

Un an plus tard, Lulu venait dans mon cabinet pour m'annoncer qu'elle était à nouveau enceinte.

— Cela ne vous ennuie pas de me prendre pour patiente ?

J'ai été forcé de lui annoncer, après l'avoir examinée, que, selon toutes probabilités, sa grossesse se terminerait comme les précédentes.

— Maintenant, j'y suis habituée. C'est, chaque fois, un mauvais moment à passer, mais, après, je n'y pense plus.

— C'est aussi un gros risque à prendre.

— Je sais.

Depuis, à ma connaissance, cela s'est reproduit quatre fois. La seconde, à cause de certaines complications, j'ai dû la faire entrer dans une clinique où elle est restée trois semaines et, quand elle en est sortie, elle ne pesait pas quarante kilos, était si maigre, qu'avec sa taille en dessous de la moyenne elle avait l'air d'une petite fille.

— Cela ne fait rien, Charles. Je vais manger double pour me remplumer. Avec moi, cela va vite.

Quand j'ai essayé de lui parler comme son médecin de la rue Lepic, elle m'a répondu en haussant les épaules :

— Cela ne vaudrait plus la peine d'être sa femme !

La mienne, on s'en doute, n'a jamais connu cette partie professionnelle de nos relations. Elle sait seulement que, comme beaucoup de femmes, Lulu a certains troubles qui réclament parfois des soins médicaux.

C'est peut-être pourquoi, si je l'avais écoutée, nous aurions espacé nos relations avec les Dandurand. Depuis que nous avons des enfants, surtout, elle s'offusque facilement et tend vers un genre de vie plus conventionnel. Des plaisanteries qui la faisaient rire voilà quelques années n'amènent plus qu'un froncement de sourcils et Montmartre, qui l'amusait au début, commence à l'effrayer.

Je m'attends, maintenant que Bob est mort, à ce qu'elle me fournisse de bonnes raisons pour espacer nos visites rue Lamarck et même pour ne plus y aller du tout.

Quand je suis retourné prendre ma voiture, le trottoir de la rue Lamarck était désert.

Les tapissiers avaient fini de retirer les tentures noires à larmes d'argent. Les volets de la boutique peinte en bleu ciel étaient baissés, avec toujours l'avis funéraire sur celui de gauche.

Je suis entré *Chez Justin*, parce que j'avais soif. Il ne s'était pas changé, s'était contenté de retirer son veston, sa cravate et de retrousser les manches de sa chemise si blanche. Il portait des bretelles violettes.

— Qu'est-ce que vous prenez ? m'a-t-il demandé de la même voix que, le matin, il avait dû présenter ses condoléances. Aujourd'hui, c'est ma tournée.

J'ai demandé un vermouth-cassis. Je ne sais pas pourquoi je n'ai pas demandé un vin blanc dont j'avais envie. Quelques ouvriers en tenue de travail étaient debout devant le comptoir d'étain.

— Ce qui me fait plaisir, c'est qu'il ait eu un bel enterrement. Vous avez entendu le tambour ?

Le corbillard devait être arrivé à Thiais, où les tombes s'étendent à perte de vue sous le soleil tandis que ronronnent dans le ciel sans un nuage les avions d'Orly.

— Cela va être dur pour elle ! soupira Justin en choquant son verre contre le mien. Des hommes comme lui, il n'y en a pas dix dans tout Montmartre.

— Il est venu samedi dernier ?

— Vers quatre heures. Il a eu le temps de faire quinze cents points avec Hubert, le petit ménage et moi, dans ce coin-ci, tenez, derrière la porte.

C'était en sortant de chez Adeline.

— Il n'a rien dit de particulier ?

— Il était comme d'habitude. Seulement, bien qu'il ait gagné, comme presque toujours, il a tenu à payer sa tournée.

— Pourquoi ?

— Il ne l'a pas dit. Personne n'a insisté.

Je me rendais soudain compte que, dans les caboulots qu'il fréquentait, on avait pour Bob, le Grand Bob, comme on disait, un respect dont, d'habitude, ces gens-là sont avares.

— On ne m'enlèvera pas de l'idée qu'il était

malade, qu'il le savait et qu'il n'a pas voulu condamner sa femme à le soigner pendant des années.

— Il voyait un médecin ?

— Il ne m'en a pas parlé. Depuis quelque temps, il avait une façon particulière de se regarder dans la glace qui est derrière les bouteilles. Quand un homme de son genre commence à s'observer dans les miroirs, croyez-moi, ce n'est pas bon signe.

La vérité de sa remarque me frappait. Je me surpris à me regarder dans le même miroir, qui était vieux, grisâtre, et donnait une image peu flattée.

— Cela lui arrivait souvent ?

— Pour que je m'en sois aperçu, il faut que cela ait été assez fréquent. Il atteignait l'âge où on commence à avoir des ennuis. Je prétends que les hommes passent par les mêmes périodes difficiles que les femmes, vers quarante-cinq ou cinquante ans, et, si j'en juge par ce que j'ai eu à subir avec la patronne...

Il remplit mon verre sans rien me demander.

— Je suppose qu'elles vont déjeuner dans une auberge du côté du cimetière. Il y en a une où on ne mange pas mal. J'y suis allé deux ou trois fois quand j'ai conduit des clients...

Il choqua à nouveau mon verre.

— A la santé de Bob !

Puis, se penchant sur le comptoir mouillé :

— Vous avez vu sa sœur ?

Je fis signe que oui.

Mme Pétrel l'avait impressionné et tout le quartier l'avait remarquée.

— J'ai toujours soupçonné qu'il n'était pas n'importe qui. Une après-midi, j'avais ici un avocat connu, qui s'arrête de temps en temps pour boire un verre. Ils se sont mis à discuter de choses que je ne comprends pas et j'ai bien vu que M. Bob en savait autant que l'autre.

Sa femme sortait de la cuisine, les cheveux gris roulés en chignon, le ventre en avant.

— Il est temps que tu ailles te changer, Justin. Où as-tu mis tes boutons de manchettes ?

Il les avait déposés dans un verre, derrière le comptoir, et il me quitta en m'adressant un clin d'œil.

4

Il faisait si chaud le lendemain qu'on avait fermé les écoles. Dans les rues, où l'air ne bougeait pas plus que l'eau d'une mare, on voyait les hommes porter leur veston sur le bras, des traînées de sueur assombrir les robes des femmes dans le milieu du dos ; la vie de Paris s'était mise au ralenti et les autobus semblaient coller au goudron amolli dont l'odeur prenait à la gorge. Ce qui m'a le plus frappé, c'est l'agent de la place Clichy, qui avait déployé un mouchoir derrière son képi comme les fantassins en campagne pour se protéger la nuque.

Vers quatre heures, au plus étouffant de la journée, je me suis trouvé à deux pas de chez Lulu et j'ai décidé de m'y arrêter un moment.

Du dehors, la maison avait repris son aspect habituel, quelques chapeaux aux couleurs pimpantes étaient en vitrine et, en comparaison avec la fournaise de la rue, il faisait presque frais dans la boutique qui, la veille, était tendue de draperies noires.

L'atelier aussi avait repris sa physionomie, avec pourtant une différence si légère que j'hésite à la noter. Je me souviens que mon regard s'est porté vers la porte de la chambre à coucher. Un rayon de soleil descendait sur le lit où traînaient deux ou trois robes, des dessous de femme, des bas, une ceinture élastique. J'ai compris en constatant que deux des ouvrières ne devaient avoir presque rien gardé sous leur blouse de travail et qu'Adeline, elle, n'avait rien du tout sous un peignoir rouge, trop court pour elle, appartenant à Lulu.

Cela aurait pu se passer du vivant de Bob, pas tout à fait de la même manière, cependant. C'est difficile à expliquer. Lulu était en combinaison, ce qui n'est pas rare, et, à travers le nylon, on voyait son soutien-gorge et sa culotte au-dessus de laquelle la chair formait un bourrelet.

Lulu a toujours été impudique, sans ostentation, presque sans s'en rendre compte, et certainement sans aucun vice. Une fois, sur la terrasse du *Beau Dimanche*, à l'heure de l'apéritif, une fourmi volante s'est glissée sous son chemisier et je la revois, sortant un sein rose, du même geste naturel et noble que les femmes qui allaitent, pour s'assurer qu'elle n'avait pas été piquée. Cela n'avait rien de commun avec l'impudeur voulue d'une Yvonne Simart, par exemple, qui passait des journées entières couchée au soleil, sur son ponton, entièrement nue, et qui, quand quelqu'un montait à bord, se contentait de se couvrir le sexe d'un bout de serviette. Fin juin, elle était déjà plus brune qu'une Hindoue.

Seule Mlle Berthe était normalement vêtue, en noir des pieds à la tête, comme si c'était elle qui portait le deuil, et la vieille Rosalie Quéven, celle qui dit la bonne aventure et lit dans le marc de café, était affalée dans l'unique fauteuil, les yeux bordés de rouge comme à l'ordinaire.

Il n'y avait pas de bouteilles de vin blanc sur

la table, mais un pot de limonade dans lequel flottaient des citrons coupés en deux et des morceaux de glace.

Les premiers mots de Lulu ont été :

— Comment vas-tu, Charles ?

Elle travaillait à un chapeau. Elle s'est reprise tout de suite :

— Je vous demande pardon. J'ai vu tant de gens, ces jours-ci, que je ne sais plus qui je tutoie et qui je ne tutoie pas.

— Cela ne fait rien.

Sa voix était rauque et je lui demandai si elle avait mal à la gorge.

— Un peu. C'est pour cela que j'ai fait préparer de la citronnade.

Du temps de Bob aussi, l'atelier avait toujours un certain air débraillé. Mais lui vivant, la vieille Quéven ne se serait pas assise dans le fauteuil comme chez elle, et surtout n'aurait pas retiré ses chaussures pour caresser ses pieds enflés. Et je me demande si Lulu aurait prêté un de ses peignoirs à Adeline.

On les sentait anxieuses de se mettre à jour avec le travail qui s'était accumulé.

— Vous ne vous asseyez pas, Charles ?

— Je ne resterai pas longtemps. Je suis passé un instant, entre deux visites.

— A propos, vous ne connaissez pas quelqu'un qui cherche une voiture d'occasion ? Fradin, hier, m'a ramené l'auto de Tilly. Je ne vais pas apprendre à conduire à mon âge et il est inutile de payer le garage pour rien. Je préfère la céder à un particulier qu'à un revendeur qui ne m'en donnerait presque rien.

— Je n'ai personne en tête pour le moment, mais...

— Cela ne presse pas. Si, la semaine prochaine, je n'ai pas trouvé, je mettrai une annonce dans le journal.

Elle n'avait que faire de l'auto, en effet. Il était naturel qu'elle s'en débarrassât. Est-ce parce que Bob n'était enterré que de la veille que cela m'a choqué, ou parce qu'elle en parlait en femme d'affaires ?

Cela m'a mis dans la tête une pensée qui ne m'était pas encore venue. Lulu allait sans doute cesser de passer les week-ends à Tilly. Il n'est pas pratique de s'y rendre par le train, d'abord à cause des horaires, ensuite parce qu'il reste deux bons kilomètres à marcher. Quelqu'un comme John serait heureux de l'emmener dans sa voiture et de la ramener, mais je soupçonnais que, pour elle, le *Beau Dimanche* appartenait déjà au passé.

Je suis resté une semaine sans retourner rue Lamarck. Un soir, après dîner, alors que les garçons étaient dans leur chambre à préparer leurs examens, j'ai dit à ma femme :

— Je vais faire un tour chez Lulu.

Ma phrase ne l'invitait pas à m'accompagner et elle l'a compris.

— Ah ! a-t-elle fait tout d'abord.

Puis, après un silence assez lourd :

— Elle t'a téléphoné ?

— Non.

— Je pensais qu'elle était peut-être malade et qu'elle t'avait demandé d'aller la voir.

— La dernière fois que je suis passé là-bas, je ne l'ai pas trouvée bien.

Pour rassurer ma femme, j'ai emporté ma trousse, de façon à donner à ma visite un certain caractère professionnel. Je sais que cela lui a déplu quand même, que cela reviendra sur l'eau un jour ou l'autre. J'ai laissé ma trousse

76

dans la voiture et j'ai frappé à la porte au-delà de laquelle je voyais de la lumière dans l'atelier.

Ce n'est pas Lulu, mais Mlle Berthe, qui est venue m'ouvrir et m'a dit :

— Quelle bonne surprise ! La patronne va être contente de vous voir.

L'appartement était si calme que j'en étais dérouté. Lulu était assise devant une table sur laquelle se trouvaient des cartes à jouer et une bouteille de bénédictine avec deux verres.

— Entrez, Charles. Comme vous voyez, je suis en train d'enseigner à Berthe la belote à deux.

C'était elle, ce soir, qui portait le peignoir rouge. Elle ne s'était pas recoiffée depuis le matin et ses cheveux étaient emmêlés, à cause de la sueur de la journée, des petits paquets de poudre s'étaient formés sur son visage qui paraissait plus vieux, plus fatigué.

— Un verre de blanc ?

Je fis signe que non.

— Bénédictine ? Si incroyable que cela puisse paraître, Berthe commence à aimer ça et, chaque soir, nous nous offrons toutes les deux un petit verre.

Qu'a-t-elle lu dans mon regard qui lui a fait froncer les sourcils ? J'ai vu passer comme une crainte sur ses traits. Sa voix a changé pour me demander :

— C'est mal ?

— Pourquoi serait-ce mal ?

— Je ne sais pas. Il y a des moments où je me figure que les gens m'épient pour me critiquer. Je ne suis pas encore habituée.

Habituée à être veuve ? Je suppose que c'est ce qu'elle a voulu dire, mais elle n'a pas précisé.

Elle parlait trop, comme si elle avait peur du silence.

— Vous savez que Berthe a accepté de venir vivre avec moi ?

— Elle a renoncé à son appartement ?

— Elle le garde, bien entendu. Mais elle se contente d'aller de temps en temps y passer une heure pour astiquer.

J'ai jeté un coup d'œil vers la chambre à coucher. Il n'y avait toujours qu'un lit. La place manquait pour en installer un second. Mlle Berthe s'était assise devant ses cartes comme si elle attendait que je m'en aille pour continuer la partie. Je n'avais jamais imaginé qu'un jour elle jouerait à la belote en sirotant un petit verre de liqueur. Il ne lui restait qu'à fumer une cigarette ! N'était-ce pas plus surprenant encore de lui voir prendre la place de Bob dans le lit de Lulu ?

— Votre gorge ?

— Cela va mieux. J'ai mis des compresses humides. Comment va votre femme ?

— Bien, merci.

J'étais venu avec l'arrière-pensée de poser quelques questions au sujet de Bob et cela me gênait de le faire en présence de la vieille fille.

— Dimanche, nous irons toutes les deux au cimetière porter des fleurs. J'ai commandé une belle pierre, très simple.

Elle alla chercher le croquis que l'entrepreneur de monuments funéraires avait tracé au dos d'une facture.

— Qu'est-ce que vous en pensez ? Vous croyez qu'il aurait aimé ça ?

J'ai menti à ma femme en rentrant. Je lui ai dit :

— Sa santé m'inquiète. Elle se laisse aller. Il

faudra que j'aille la voir de temps en temps pour l'obliger à se soigner.

Ma femme a-t-elle été dupe ? S'est-elle imaginé que j'avais des vues sur Lulu ?

Je suis retourné rue Lamarck, à quelques jours de là, et cette fois j'étais sorti après dîner parce que j'avais réellement un malade à voir.

Les deux femmes ne jouaient pas aux cartes et avaient de la visite, la Quéven, encore, et le vieux peintre Gaillard, qui leur tenait un discours d'une voix pâteuse. Je ne suis resté que quelques minutes. En me reconduisant à travers le magasin, Lulu m'a chuchoté :

— Vous paraissez fâché ?

— Mais non.

— C'est à cause de Mlle Berthe ?

— Je vous assure, Lulu...

— Je ne serais pas capable de passer la nuit toute seule.

— Je comprends.

Je lui ai serré la main avec insistance, pour la rassurer, et, au dernier moment, elle m'a plaqué deux baisers sur les joues.

— A bientôt ?

— Oui.

— Promis ?

J'ai tenu parole quand ma femme et les enfants sont allés passer les vacances à Fourras. Je ne m'absente de Paris que huit ou dix jours, au mois d'août, car il est de plus en plus difficile de trouver un bon remplaçant et, chaque année, j'y perds quelques clients.

J'avais raison de penser que Lulu n'irait plus à Tilly. J'ai rencontré John, un soir, place Clichy.

— Comment va Lulu ? m'a-t-il demandé.

— Il y a quelques jours que je ne l'ai vue.

— Je suis allé chez elle, samedi dernier, pour

lui proposer de l'emmener au *Beau Dimanche*. J'ai compris qu'elle n'en avait pas envie. Je crois qu'elle subit l'influence de la punaise qui vit avec elle.

John a ajouté, mélancolique :

— Elle n'est plus la même que du temps de Bob.

Cela devait être l'opinion de la plupart des habitués de la rue Lamarck car, deux soirs, à quelques jours d'intervalle, j'y trouvai les deux femmes seules. Il est vrai que c'était la période des vacances et que la plupart de nos amis étaient à la mer ou à la campagne.

Je suis parvenu à parler à Lulu en tête à tête. Cela a exigé de la patience. J'étais arrivé vers neuf heures. Pendant près d'une heure, nous avons bavardé de choses et d'autres paresseusement, avec de longs silences, et je sentais que la punaise, comme l'appelle John, avait envie de se coucher. Elle a l'habitude de se coucher tôt, de se lever une des premières du quartier, quand les bouteilles de lait ne sont pas encore devant les portes.

Lulu a compris, sans que j'aie besoin de lui adresser aucun signe, et nous avons étiré la conversation comme si nous n'avions pas l'intention d'en finir. A dix heures et demie, enfin, Mlle Berthe s'est levée et, la mine pincée, a dit à Lulu :

— Tu n'y vois pas d'inconvénient, je me couche.

Elle espérait ainsi me mettre à la porte, mais j'ai feint de n'avoir pas entendu.

— Bonne nuit, docteur. Je ne pense pas que, fatiguée comme elle est, cela soit bon pour elle de se coucher tard.

Nous avons souri tous les deux tandis que la

porte de la chambre se refermait avec un bruit
sec et, un peu plus tard, nous pouvions entendre
la vieille fille parler toute seule à mi-voix en se
déshabillant.

— Elle est jalouse, fit Lulu à voix basse.

— De moi ?

— De tout le monde qui vient ici. Avant, elle
était jalouse de Bob et passait sa vie à se tortu-
rer. Maintenant qu'elle a pris possession de la
maison...

D'un geste, elle parut chasser une pensée
importune.

— Ne pensons pas à cela. Cela vaut quand
même mieux que de me réveiller en sursaut,
toute seule, au milieu de la nuit. Qu'est-ce que
vous vouliez me dire ?

Elle me prenait au dépourvu.

— Rien de particulier. J'ai beaucoup pensé à
Bob ces derniers temps.

— Moi aussi.

— Quand j'ai vu sa sœur et ses neveux à
l'enterrement, je me suis rendu compte que je ne
connaissais qu'une partie de sa vie.

Elle avait compris et elle ne m'interrompit
qu'au moment où j'allais m'excuser de ma curiosité.

— Je savais bien que vous aviez envie de me
poser des questions. Vous ne parvenez pas à
comprendre pourquoi il s'est tué, n'est-ce pas ?

Le mot lui demanda un certain effort, mais
elle le prononça.

— Je me pose la même question toute la journée. Parfois, j'ai l'impression que j'ai presque
réussi, puis tout s'embrouille à nouveau. Il était
toujours gai, vous l'avez vu.

— Quand vous étiez seuls aussi ?

— Il restait le même en tête à tête que quand

il y avait du monde, au point que j'avais parfois envie de lui dire de ne pas se mettre en frais pour moi. C'est rare de la part d'un homme. La plupart des femmes se plaignent que leur mari soit charmant avec tout le monde sauf avec elles.

— Il n'avait pas changé les derniers temps ?

— Sauf, peut-être, pour devenir plus tendre. Il lui arrivait assez souvent, par exemple, de m'appeler sa petite fille.

Cela me fit penser à Adeline.

— C'est peut-être tout au début que j'ai eu tort, quand j'ai accepté de me mettre avec lui, mais cela s'est passé de telle façon que je ne me suis pas rendu compte de ce qui m'arrivait. Et, de toutes façons, à cette époque-là, je ne savais pas mieux. J'étais vraiment une pauvre fille, vous savez, Charles ?

Elle regarda la porte de la chambre, pensant comme moi que Mlle Berthe devait y avoir l'oreille collée.

— Cela m'est égal. Il y a assez de gens qui savent d'où je sors et je n'en ai pas honte. Je suis née à Saint-Martin-des-Champs, un petit village à six kilomètres de Nevers. Mon nom est Poncin. Mon père était cantonnier et, quand il a perdu sa place, parce qu'il buvait, il a fait des journées dans les fermes.

Elle alla chercher dans un tiroir trois photographies qu'elle me montra. Elles avaient été si mal prises que chacun paraissait avoir le visage de travers. Le père et la mère étaient assis. L'homme tenait les bras croisés et regardait fixement devant lui tandis que sa femme avait les deux mains posées à plat sur les genoux. Six enfants les entouraient, quatre filles et deux garçons.

— Nous aurions été sept si la dernière n'était pas morte presque tout de suite après sa naissance.

— Votre mère vit toujours ?

— Elle habite la même maison, à Saint-Martin, et nous lui envoyons un peu d'argent chaque mois. Quel âge a-t-elle maintenant ? Je ne sais plus. Il faudrait que je calcule. En tout cas, elle a dépassé quatre-vingts. Je vous ennuie.

— Non.

— C'est drôle que ces histoires-là vous intéressent. Il y a longtemps que je n'ai pas parlé de ma famille.

Elle m'expliquait ce que chacun était devenu. Son frère aîné, Henri, était gendarme à Aurillac et avait quatre enfants, dont une fille qui venait de se marier. Un autre était coiffeur à Marseille. Une des filles, Huguette, avait épousé un certain Langlois et tenait avec lui un café à Nantes.

— Ceux-là sont ceux qui ont réussi, conclut-elle.

» Mireille, qui a deux ans de moins que moi, a été longtemps dans une maison close de Béziers et vit maintenant à Alger, où il paraît qu'elle est à son compte. C'est d'elle que ma mère parle le plus dans ses lettres, parce que c'est celle qui lui envoie le plus d'argent. Quant à Jeanine, mon aînée d'un an, celle qui, sur la photo, est si grosse, elle ne s'est jamais mariée et a passé toute sa vie comme femme de chambre dans le même hôtel de Nevers. Elle a eu deux enfants, jadis, et les a donnés à élever à ma mère. Quand j'ai rencontré Bob, j'étais plutôt du genre de ces deux-là.

Si Mlle Berthe avait écouté un certain temps derrière la porte, elle s'était remise au lit, car c'est dans cette direction qu'on l'entendait tousser pour manifester son impatience.

— Tousse, ma vieille ! murmura Lulu en m'adressant un sourire.

Puis, à moi :

— Vous ne voulez vraiment rien boire ?

— Merci.

— Vous avez envie que je continue ?

Elle regarda l'heure au réveil posé sur la cheminée.

— J'oubliais que votre femme n'est pas à Paris.

Elle avait deviné que ma femme n'aurait pas aimé que je reste si tard rue Lamarck.

— A quel âge avez-vous quitté votre village ?

— Je suis venue à Paris à quinze ans. Dans les familles comme la mienne, on envoie les filles en service avant qu'elles aient leur brevet élémentaire. A treize ans, je gardais déjà les mioches chez un pharmacien de Nevers. A quinze, une famille de la ville, qui s'installait à Paris, m'a emmenée. Vous devez connaître le reste de l'histoire, car vous n'êtes pas médecin pour rien. L'extraordinaire, c'est que deux ans se soient écoulés sans qu'il m'arrive quoi que ce soit. Puis mon patron, qui était dans l'Administration, a été envoyé dans le Midi. Je suis restée. J'ai fait cinq ou six places coup sur coup. Et, à dix-neuf ans, j'étais pratiquement dans la rue.

— C'est alors que vous avez connu Bob ?

— Pas tout de suite. Près de deux ans plus tard, en 1930. Je vivais alors au Quartier Latin, tantôt avec un étudiant, tantôt avec un autre. Il arrivait que cela dure un mois comme il arrivait que cela ne dure qu'une nuit.

Je n'hésitai pas à lui demander :

84

— Vous aviez déjà fait votre première fausse couche ?

— Vous pouvez dire avortement, puisque c'est la vérité. J'ai failli en mourir, et l'étudiant en médecine qui m'a aidée était si effrayé qu'il parlait de se suicider. Il m'est arrivé, depuis, de lire son nom dans les journaux, car il est devenu célèbre.

— Vous en étiez amoureuse ?

— Ni de lui, ni des autres.

Elle était sincère.

— Je crois, au fond, que je n'aimais pas ça. Je le faisais parce qu'il fallait bien. Un jour, en juillet, au moment des examens, je me trouvais avec un ami à la terrasse du *d'Harcourt*, boulevard Saint-Michel. C'était un étudiant roumain qui retournait dans son pays pour les vacances. Pour moi, juillet et août étaient les mauvais mois à passer et il m'est arrivé de raccrocher des touristes sur les Grands Boulevards, une fois même j'ai été arrêtée et je me demande encore par quel miracle je m'en suis tirée. J'avais l'air si jeune, à cette époque-là, que l'inspecteur de police devant lequel on nous a fait défiler m'a prise en pitié. Cela ne vous ennuie pas que je me verse un petit verre ?

Elle questionna en se rasseyant :

— Je ne vous scandalise pas ?

— Pas le moins du monde.

— Avouez que vous vous doutiez de tout ça ?

— Oui.

— Vous allez savoir maintenant comment j'ai rencontré Bob, que personne n'appelait encore ainsi. J'étais donc à la terrasse avec mon Roumain. C'était en fin d'après-midi et il y avait beaucoup de monde. Un grand jeune homme est passé près de nous, sans chapeau, les cheveux d'un blond tirant sur le roux, les yeux gris clair. Ce sont ses yeux qui m'ont frappée tout de suite, et aussi le fait que ses vêtements y étaient comme assortis : son complet était du même gris, sa cravate, jusqu'à ses chaussettes. Il s'est arrêté un instant pour serrer la main de mon compagnon, ne m'a accordé qu'un coup d'œil vague et s'est dirigé vers le bar. Ce n'était pas du tout le Bob que vous avez connu. Il ressemblait davantage à son neveu que vous avez vu l'autre jour.

» — Qui est-ce ? ai-je demandé à mon ami.

» — Il t'intéresse ?

» — Il a des yeux extraordinaires.

» Mon Roumain a souri, s'est retourné vers le bar où son camarade était occupé à boire, tout seul, les deux coudes sur le comptoir, en homme qui a envie de se saouler.

» — Attends-moi un instant.

» Je les ai vus converser tous les deux à mi-voix. Bob s'est retourné plusieurs fois pour me regarder, avec l'air d'hésiter. A la fin, il a payé sa consommation et, sans enthousiasme, a suivi le Roumain en haussant les épaules.

» — Je te présente Robert Dandurand, qui passe demain son dernier examen de Droit.

» En ce qui me concerne, la présentation a été plus élémentaire. Il s'est contenté de dire :

» — Lulu.

» Pendant une demi-heure, ils ne se sont pas occupés de moi, sinon pour m'offrir de temps en temps une cigarette, et ils ont parlé de professeurs et de camarades. Puis le Roumain a regardé sa montre, s'est levé.

» — Il est temps que je parte. Finissez tranquillement votre verre et essayez de ne pas vous disputer.

» Je ne l'ai jamais revu. Au début, Dandurand avait la mine renfrognée de quelqu'un qu'on a attiré dans un traquenard.

» — Il y a longtemps que vous le connaissez ? m'a-t-il demandé.

» — Trois semaines.

» — C'est un garçon très intelligent. Je parierais qu'il sera un jour Premier ministre de son pays.

» Il croisait et décroisait ses longues jambes comme s'il était mal à l'aise et c'est alors que j'ai remarqué ses chaussettes.

» — Si vous avez quelque chose de mieux à faire, ne vous gênez pas pour moi, lui dis-je. Je sais que vous êtes à la veille d'un examen important.

» Je ne me doutais pas de ce qui se passait dans sa tête, et je n'y étais pour rien. Il y a une caractéristique qu'il possédait déjà : un léger retroussis de la lèvre supérieure, qui lui donnait l'air de se moquer des gens et de lui-même.

» — Votre prénom est Robert ?

» — Oui.

» — On ne vous a jamais appelé Bob ?

» — Non. Pourquoi ?

» — Parce que je trouve que cela vous va bien.

» C'était stupide, je m'en rends compte, mais il fallait bien que je dise quelque chose.

Lulu, en parlant ainsi, m'adressait un sourire si humble que je me retins de lui prendre la main, m'en voulant de la sévérité avec laquelle il m'était arrivé de le juger au cours des dernières semaines. La porte de la chambre s'entrebâillait ; Mlle Berthe passait une tête aux cheveux enroulés sur des épingles.

— Cela ne me regarde pas, docteur, mais il me semble que, dans l'intérêt de sa santé...

— Recouche-toi. Je viens tout de suite.

Et, la porte fermée, la vieille fille se remit à parler seule.

— Vous voyez ! Je ne suis plus libre d'aller dormir quand il me plaît. J'avais tellement envie de parler !

— Vous êtes forcée de lui obéir ?

— Si je n'y vais pas, demain elle me fera la tête toute la journée, en évitant de prononcer une parole. Une fois déjà, dimanche dernier, nous sommes restées en tête à tête depuis le matin jusqu'au soir sans dire un mot parce que j'avais refusé de l'accompagner à la messe. Du coup, elle n'y est pas allée. Je vous raconterai le reste une autre fois. Je veux que vous sachiez tout. Vous verrez que Bob était plus compliqué qu'il n'en avait l'air et, peut-être, vous qui connaissez mieux que moi la nature humaine, comprendrez-vous ce qui lui est arrivé. Ce que je veux pourtant que vous sachiez dès maintenant, c'est que je ne suis pour rien dans la décision qu'il a prise alors. Il s'est produit une sorte de miracle. N'est-ce pas un miracle que, depuis cette minute-là, depuis l'instant où il s'est assis à côté de moi sur une chaise d'osier à la terrasse du *d'Harcourt*, nous ne nous soyons jamais quittés, que nous n'ayons jamais passé une nuit l'un sans l'autre, sauf pendant les semaines où j'étais à la clinique ? Même quand il est allé voir son père, à Poitiers, il m'a emmenée et est venu me retrouver à l'hôtel pour la nuit. Pourtant, nous n'étions pas mariés.

Je m'étais levé, prêt à partir.

— Savez-vous, Charles, en quelle année nous nous sommes mariés ?

Je n'en avais aucune idée. Elle venait de me dire qu'ils vivaient ensemble depuis 1930.

— En 1939, trois semaines après la déclaration de guerre. Le lendemain de cette déclaration, Bob est allé faire publier les bans, et sa grande peur était d'être rappelé sous les drapeaux avant que nous ayons pu passer par la mairie.

— Il a été rappelé ?

— Deux mois plus tard, comme brancardier, et il a eu la chance de faire la retraite jusqu'en Dordogne sans tomber entre les mains des Allemands. Je me suis trompée tout à l'heure. Pendant cette période-là, bien entendu, nous ne dormions pas ensemble, encore que je sois allée plusieurs fois le rejoindre dans l'Aisne, où il était en cantonnement, et que je sois arrivée à Périgueux cinq jours seulement après lui.

On entendait la toux sèche de Mlle Berthe.

— Bonne nuit, Charles. Je ne vous retiens plus.

Au moment où elle allait refermer la porte, elle me lança encore :

— Merci !

Je n'ai pas osé retourner trop vite rue Lamarck, par crainte d'avoir l'air de venir chercher la suite de l'histoire. Maintenant que Lulu m'avait parlé de Poitiers, je découvrais que Bob Dandurand était plus que probablement le fils du professeur Dandurand, qui fut longtemps doyen de la Faculté de Droit, et auteur d'un traité de philosophie dont on se sert encore dans toutes les universités.

Pendant des années, aucun rapprochement ne s'était établi dans mon esprit entre le vieux professeur et le mari de Lulu. Je n'eus qu'à feuilleter un annuaire de l'Université pour apprendre que Gérard Dandurand, qui a pris sa retraite pendant la guerre, est mort, en 1950, à l'âge de soixante-treize ans.

Bob est-il allé à Poitiers pour les obsèques ? A-t-il emmené sa femme et l'a-t-il rejointe à l'hôtel pour la nuit ? Je comprenais mieux le contraste entre le groupe Pétrel et la foule qui assistait à l'enterrement. Les trois personnages qui avaient rendu leurs devoirs à la sœur de Bob étaient évidemment des amis de la famille, et le vieillard qu'on saluait avec respect devait être un maître du Barreau ou un ancien professeur.

Je ne voudrais pas donner l'impression que, pendant ce temps-là, je ne pensais toute la journée qu'à Dandurand et à Lulu. Malgré la période de vacances, j'étais assez occupé par mes malades. Comme je prenais mes repas au restaurant, j'en profitais, en outre, pour rencontrer des amis que j'ai rarement l'occasion de voir pendant le reste de l'année et dont plusieurs avaient, comme moi, leur femme et leurs enfants à la campagne.

Un dimanche, j'ai emmené à Tilly un vieux camarade qui dirige un service à Cochin et à qui j'avais promis de montrer une auberge pittoresque. Il se fait que John Lenauer était pour quelques jours en Angleterre avec sa femme. Riri avait accompagné Yvonne Simart et son amie Laurence à Deauville, où leur maison faisait une présentation de mannequins. En dehors des Millot, il n'y avait guère que le groupe des pêcheurs et on ne peut même pas dire que nous ayons bien mangé.

— Tu as connu le professeur Dandurand, de Poitiers ?

— Sa fille a épousé un de mes amis.

— Pétrel ?

— Oui. Un garçon de premier ordre. Leur fils, Jean-Paul, est un des camarades de ma fille.

— Robert Dandurand s'est noyé à cinq kilomètres d'ici, juste en dessous du barrage, voilà quelques semaines.

— Un fils du vieux Dandurand ?

— Je crois.

— Je ne savais pas qu'il avait un fils. Accident ?

— Suicide.

— Sa sœur ne m'a parlé de rien. Il est vrai que la famille est à Dieppe pour l'été. Ils y possèdent une magnifique villa sur la falaise.

— Tu crois que, quand elle reviendra, il serait possible que je la rencontre ?

— Rien de plus facile. Je n'ai qu'à les inviter à dîner en même temps que ta femme et toi. Ils rentreront à Paris vers la mi-septembre.

Le mercredi suivant, le hasard a voulu que j'aie une visite à faire juste en face de chez Lulu. Il était trois heures de l'après-midi. Elle se trouvait dans le magasin avec une cliente et m'a vu à travers la vitre. Je ne pouvais pas éviter d'entrer. Elle m'a désigné l'atelier du regard en disant :

— Je viens tout de suite, Charles.

J'ignore pourquoi mes yeux se sont fixés sur Adeline, qui était occupée à coudre ensemble des rubans de deux couleurs. Elle a levé le visage et a paru surprise, ou bien de me voir soudain devant elle, car j'étais entré sans bruit, ou bien de l'expression de ma physionomie. Je serais bien incapable de dire quelle était cette expression-là, et même à quoi je pensais. J'ai dû lui sourire et elle m'a souri. Cette fois-ci, elle était en tenue de travail. Dehors, il pleuvait à torrents. Mlle Berthe me disait, comme un reproche :

— Vous ne vous asseyez pas ?

Je ne sais pas ce qui m'est passé par la tête. Les autres me tournaient le dos. J'entendais la voix de Lulu qui reconduisait sa cliente jusqu'à la porte. Fixant Adeline dans les yeux, j'ai remué les lèvres comme si j'articulais :

— Samedi ?

Je répétai deux fois :

— *Sa-me-di ?*

Elle avait compris, battait des paupières en signe d'assentiment. Je ne suis resté que quelques minutes rue Lamarck. Devant Lulu, j'avais un peu honte de ce que je venais de faire. Je lui ai promis de revenir le lendemain soir mais, quand je suis arrivé le lendemain, elles étaient quatre femmes à jouer à la belote et à boire de la bénédictine, y compris la vieille Rosalie Quéven, dont la chair blafarde et les yeux rouges font mal à regarder, et une femme entre deux âges qu'on me présenta sous le nom de Nouzon ou Mouzon.

Lulu m'a fait comprendre qu'elle était navrée et qu'elle me demandait pardon. Je suis resté juste assez longtemps pour ne pas avoir l'air de m'enfuir. Il n'était que neuf heures. Je n'avais aucune envie de rentrer chez moi.

Au moment de mettre ma voiture en marche, j'ai hésité et, soudain, je me suis dirigé vers la rue de Clignancourt. Je me disais qu'il ne devait pas y avoir tellement d'hôtels meublés dans le genre de celui qu'Adeline m'avait décrit, et que celle-ci était peut-être chez elle.

Le hasard me fit choisir le bon hôtel du premier coup.

— Le 43, au quatrième, me dit l'espèce

d'Auvergnat sans veston qui se tenait dans le bureau.

— Elle est chez elle ?

Il ne daigna pas me répondre.

L'escalier et les couloirs étaient mal éclairés. Au quatrième étage, un peu essoufflé, je regrettai d'être venu. En approchant de la porte marquée 43, j'entendis une voix de femme et fus sur le point de faire demi-tour en concluant que la place était prise. Ce furent les mots qui se formèrent dans mon esprit. Il me sembla pourtant que la voix n'était pas celle d'Adeline, et, en effet, un instant plus tard, celle-ci parla à son tour.

Parce que quelqu'un sortait d'une autre chambre et que je ne savais pas quelle contenance prendre dans le couloir étroit, je frappai.

— Entrez !

Adeline était couchée sur le lit, en culotte et en soutien-gorge ; son amie, assise dans un fauteuil, les pieds sur l'appui de la fenêtre ouverte, rabattait sa robe sur ses genoux.

— Je passais dans la rue... murmurai-je.

Je devais être ridicule. Les deux femmes se regardaient. L'amie se levait, restait un moment immobile au milieu de la pièce et disait :

— De toutes façons, j'ai des bas à laver.

Adeline m'observait toujours curieusement. Sans quitter le lit, elle me dit :

— Mettez le verrou.

Lorsque je me retournai, elle avait un sourire amusé.

— Vous n'avez pas pu attendre samedi ?

Si même j'avais pu lui expliquer comment l'idée m'était venue, elle ne m'aurait pas cru. Avec l'air de quelqu'un qui connaît le comment et le pourquoi des choses, elle ajoutait :

— C'est drôle, les hommes.

— Qu'est-ce que votre amie va penser ?

— Que nous sommes en train de faire l'amour. Ce n'est pas pour ça que vous êtes ici ?

J'étais bien obligé de dire oui.

Toujours sans bouger du lit, arquant les reins, levant les jambes l'une après l'autre, elle faisait glisser sa culotte qu'elle lançait sur une chaise.

— Vous ne vous déshabillez pas ?

Elle ne devait pas être contente de ses seins, car elle ne retirait pas son soutien-gorge.

A certain moment, elle a eu un petit rire.

— Pourquoi riez-vous ?

— Pour rien. Une idée qui me passe par la tête.

Elle ne m'a pas dit laquelle et, quand j'ai regagné ma voiture, trois quarts d'heure plus tard, je crois que j'étais mécontent de moi plus que je ne l'ai jamais été de ma vie.

Pourquoi ne pas être franc jusqu'au bout ? Devant chez moi, je tâtai la banquette de la voiture pour prendre ma trousse. Je ne la trouvai pas. J'étais sûr de l'avoir emportée. On me l'avait volée pendant que l'auto stationnait rue de Clignancourt. Heureusement que j'en ai une de rechange. Je la regrette néanmoins, parce que c'est celle que ma mère m'a offerte le jour où j'ai passé ma thèse. Je n'ai pas porté plainte.

5

J'ai beaucoup réfléchi à ce qui m'est arrivé avec Adeline et, si ce n'était pas ma bonne vieille trousse en cuir roussi par vingt années de services, je ne regretterais pas d'être allé la retrouver rue de Clignancourt. Comme tout le monde, j'ai eu d'autres aventures, plus ou moins avouables, mais celle-ci, me semble-t-il, s'est produite au moment où elle était le plus susceptible de m'ouvrir les yeux. Il est encore trop tôt pour que j'en parle. Mes idées ont besoin de temps pour se décanter. Si différentes d'aspect, et sans doute de caractère, que soient les deux femmes, je ne peux m'empêcher d'établir un certain rapprochement entre Adeline et Lulu et, alors, c'est Bob que j'ai l'impression de commencer à comprendre.

J'ai été obligé d'écrire à ma femme qu'on m'avait volé ma trousse, mais, au lieu de lui parler de la rue de Clignancourt, je lui ai dit que cela s'était produit alors que ma voiture stationnait à proximité d'un restaurant de la rue Drouot où nous allons parfois dîner tous les deux. Je m'y suis rendu, d'ailleurs, comme pour m'établir un alibi, et c'est à ma femme que j'en ai voulu de cette humiliation supplémentaire.

Qui sait ? Ces considérations, superflues en apparence, ont peut-être un rapport plus étroit avec Dandurand qu'on ne pourrait le penser.

A deux ou trois jours de là, l'idée m'est venue d'inviter Lulu à dîner en ville, ce qui est le meilleur moyen pour nous de bavarder sans être épiés par l'agaçante Mlle Berthe. Je me suis dit qu'en outre cela lui ferait du bien de changer d'atmosphère pour un soir et je tendais déjà le bras vers le téléphone quand je me suis rendu compte que j'allais me créer des complications. Nous sommes sortis plusieurs fois ensemble, les Dandurand, ma femme et moi. Ma femme n'en considérerait pas moins comme un manquement à son égard que je sorte avec Lulu, surtout en son absence. J'entends d'ici son objection :

— Qu'imagines-tu que les gens vont penser ?

J'ai cédé. J'ai presque toujours cédé dans des cas comme celui-là et, les rares fois où je ne l'ai pas fait, j'ai fini par m'en repentir. Je suis resté plusieurs jours avant de me rendre rue Lamarck. Entre-temps une lettre de ma femme m'a demandé si j'avais signalé le vol à la police et m'a rappelé le nom d'un commissaire de la P.J. que nous avions rencontré chez des amis.

C'est un dimanche soir que je suis allé chez Lulu et que j'ai trouvé les deux femmes seules, Lulu à lire des magazines dans un coin, Mlle Berthe à raccommoder des bas dans un autre.

Lulu a-t-elle remarqué mon froncement de sourcils au moment d'entrer dans l'atelier ? Si oui, j'espère qu'elle n'en a pas deviné la cause. J'avais déjà noté, lors d'une précédente visite, que l'odeur de la maison changeait. Comme la vieille Quéven était là, j'avais mis la nouvelle odeur sur son compte. Je constatais aujourd'hui, que ce n'était pas la tireuse de cartes qui était responsable, mais probablement Mlle Berthe, peut-être aussi Lulu qui se laissait aller. J'ai remarqué, par exemple, des cernes noirs sous ses ongles, et j'ai cru voir comme une ombre dans son cou.

Cette fois-ci, j'ai accepté le vin blanc qu'on me proposait et dont il restait quelques bouteilles du temps de Bob. Lulu a éprouvé un certain plaisir à m'en servir et, du coup, en a pris aussi. Les deux femmes avaient dû se disputer ce jour-là, peut-être encore à cause de la messe, car je sentais de part et d'autre une mauvaise humeur accumulée, et, après une vingtaine de minutes, Lulu a prononcé sur un ton que je lui ai rarement entendu employer :

— Tu peux aller te coucher puisque tu en as envie, Berthe.

Celle-ci a répliqué, en fourrant ses bas et sa pelote de laine dans une corbeille :

— Merci de la permission. J'ai compris.

Nous l'avons regardée disparaître et avons écouté un moment la vieille fille aller et venir furieusement dans la chambre à côté.

— J'ai quand même le droit, une fois de temps en temps, de parler à quelqu'un sans témoin, vous ne croyez pas, Charles ?

J'approuvai tandis qu'elle poursuivait :

— Qu'est-ce que vous avez fait de bon depuis votre dernière visite ?

Ce n'était qu'une banale phrase de politesse, mais elle s'est souvenue tout de suite de quelque chose et j'ai vu une petite lueur dans ses yeux. J'ai mis un certain temps à comprendre et, alors, je crois bien que j'ai rougi. Adeline a dû parler à l'atelier de la visite que je lui ai rendue dans son meublé. C'est de cela que Lulu s'est souvenue et, pour me tirer d'embarras, elle a enchaîné :

— Toujours beaucoup de malades ?

J'ai su plus tard qu'Adeline, en effet, a raconté en détail ce qui s'est passé dans sa chambre. Le résultat de son indiscrétion a été assez inattendu. Ou je me trompe fort, ou Lulu s'est sentie davantage de plain-pied avec moi. Pour elle, comme pour beaucoup de gens, un médecin est un être un peu spécial.

Malgré nos années de relations amicales, elle conservait pour moi un respect instinctif qui l'empêchait parfois de se laisser aller et de me montrer certains côtés de son caractère.

Cela a dû la soulager de constater que je ne suis après tout qu'un homme comme les autres, qui éprouve à l'occasion le besoin d'aller retrouver une fille dans sa chambre et qui, dans ces circonstances, se révèle aussi gauche et ridicule que n'importe qui.

Je n'en veux pas à Adeline. C'est vis-à-vis des autres ouvrières que cela me gêne et, pendant un temps, j'ai évité d'aller rue Lamarck pendant la journée.

Il m'est plus difficile, cette fois, de répéter exactement ce que Lulu m'a raconté, car elle n'a pas repris l'histoire au point exact où la mauvaise humeur de Mlle Berthe l'avait interrompue et surtout parce qu'elle n'était plus dans le même état d'esprit. Elle m'a paru plus molle, comme si le découragement commençait à l'envahir et comme si elle était tentée de tout envoyer au diable.

J'emploie exprès une expression dont elle s'est servie au cours de la soirée. Tout envoyer au diable, à ce que j'ai compris, signifie en finir avec les pensées qui la harcèlent, avec les questions qu'elle se pose au sujet de Bob et d'elle-même, je dirais, en exagérant, que cela signifiait en finir avec Bob.

Il y avait des semaines qu'elle se traînait dans l'atelier, de l'atelier à la chambre et à la boutique, avec les mêmes visages autour d'elle, et la vieille fille devenue une sorte de sombre ange gardien.

— Je ne sors même plus pour faire mon marché. C'est Berthe qui s'en charge pour moi ou qui envoie l'apprentie. Depuis dix jours, je n'ai pas mis une paire de souliers.

Je regrettai, en dépit de ma femme et des reproches possibles, de ne pas l'avoir invitée à dîner au restaurant.

— Au fond, je commence à croire que les gens ont raison en prétendant qu'on ne mélange pas les torchons et les serviettes. C'est toujours un tort de sortir de son monde et de fréquenter des êtres différents de soi.

— Vous ne parlez pas de Bob ?

— Pourquoi pas ?

— Vous savez bien, Lulu, que vous avez été heureux tous les deux pendant vingt ans.

— Vingt-trois.

— Vous voyez !

— S'il avait été vraiment heureux, il ne se serait pas suicidé. C'est la réaction de tout le monde, de sa sœur la première, je le sais, je l'ai compris à la façon dont elle m'observait. Même la bouchère, qui m'a dit en me tapotant les mains de ses grosses pattes humides :

» — Ce n'est pas ta faute, ma fille. Tu n'as aucun reproche à t'adresser. S'il a fait ce qu'il a fait, c'est qu'il était neurasthénique.

» Ce n'est pas vrai, vous le savez.

— Mais non, Lulu, je ne le sais pas. Il n'était

pas mon patient. Il n'est jamais venu me voir dans mon cabinet.

Elle m'a regardé, pas convaincue.

— Ce serait possible qu'il soit devenu neurasthénique ?

Pour elle, comme pour tant d'autres, c'est un mot à la fois vague et redoutable, et je ne risquais pas grand-chose à répondre :

— Cela n'est pas impossible.

— Je voudrais que vous sachiez, en tout cas, que je n'ai rien fait pour qu'il me prenne avec lui, encore moins pour qu'il m'épouse, et que ce n'est pas moi qui l'ai changé. Sa famille doit se figurer que je l'ai détourné d'elle et que je l'ai entraîné à mener Dieu sait quelle vie !

— Vous m'avez raconté, l'autre soir, comment vous aviez fait connaissance à une terrasse du boulevard Saint-Michel.

— Au *d'Harcourt*. Il avait l'air, avec son complet gris bien pressé, sa cravate élégamment nouée, d'un jeune homme de bonne famille. Tout comme son neveu, tenez ! Son neveu lui ressemble à tel point que j'ai failli éclater en sanglots en l'apercevant et qu'un moment, je me suis demandé si ce n'était pas son fils. Vous voyez ce que je veux dire ? On sent que ce sont des jeunes gens sérieux, dont les parents ont une situation assise, et qui ne se mélangent pas avec n'importe qui. Il leur arrive de chahuter et d'avoir des petites amies tant qu'ils sont étudiants, mais ils deviendront ensuite des personnages importants qui ne vous reconnaîtront pas dans la rue.

Il y avait de l'amertume dans sa voix ; elle s'en rendit compte, rougit, eut les larmes aux yeux et fit en changeant de ton :

100

— Je te demande pardon, Charles. Je deviens méchante.

Elle devait me tutoyer plusieurs fois ce soir-là.

— Que faisait ton père ? questionna-t-elle à brûle-pourpoint.

Je répondis en riant :

— Boulanger, à Dijon.

C'était la vérité et cela la fit rire un instant, elle aussi.

— C'est à moi que j'en veux. Ou, plutôt, il y a des jours où je ne sais plus. Je t'ai dit qu'il devait passer le lendemain son dernier examen. Cela me surprenait de le voir traîner dans les brasseries et cela m'a surprise davantage qu'en une demi-heure il commande coup sur coup trois apéritifs. Il m'en faisait boire aussi. Je n'ai pas eu le bon sens de refuser.

» — Tu n'as pas peur de n'être pas très frais demain pour ton examen ?

» Je tutoyais tout le monde, en ce temps-là. Je n'ai pas tellement changé. Il a dû me répondre quelque chose, j'ai oublié quoi, mais je le vois encore se lever et payer le garçon en me disant :

» — Commençons toujours par aller dîner.

» Il m'a conduite à la *Rôtisserie Périgourdine*, au coin du boulevard Saint-Michel et des quais, et nous étions au premier étage, près de la fenêtre, je revois le jour qui tombait, les lumières qui pointaient dans le crépuscule bleuâtre plus brillantes à mesure que les silhouettes des passants devenaient plus noires.

» Ma première idée a été qu'il voulait m'épater, car il a commandé un dîner fin, rien que des plats chers, le meilleur vin.

» — Il y a longtemps que vous connaissez Constantinesco ?

» Je ris.

» — Trois semaines. Je vous l'ai déjà dit.

» Il commençait à être pompette, mais il savait encore ce qu'il faisait.

» — Ce qu'il y a de crevant, c'est que vous soyez tombée sur moi, et justement aujourd'hui.

» Tout naturellement, je lui ai demandé pourquoi.

» — Vous verrez ! Ou plutôt vous ne verrez rien, car il ne se produira rien de spectaculaire. Ce sera crevant quand même.

» C'était déjà son mot favori. Il n'avait pas encore tout à fait la manière de le prononcer et cela paraissait forcé. Toute la soirée, il a paru forcé. Le dîner fini, il a commandé de l'armagnac dans des verres à dégustation et, pour lui, cela devait avoir un sens particulier qu'il ne m'a pas expliqué.

» Tout ce qu'il faisait, tout ce qu'il disait avait comme un arrière-fond de mystère et, une fois qu'il me regardait d'un air malicieux, je lui ai lancé :

» — Tu es sûr que tu n'es pas un peu dingo ?

» Il y en a comme ça, surtout les jeunets, qui éprouvent le besoin de jouer la comédie aux filles. J'en ai connu un qui, après trois ou quatre verres, commençait à se déshabiller sur le pont Saint-Michel en annonçant qu'il allait plonger dans la Seine...

Elle se tut soudain, devint pâle, se souvenant que Bob avait fini dans la Seine.

— J'ai envie de boire, Charles, je peux ?

Pourquoi pas ? Je lui versai un verre.

— C'est mal ?

— Pourquoi serait-ce mal ?

— Je ne sais pas. Je ne sais plus que penser ni que faire ? Ce matin, en me levant, j'avais décidé de flanquer Mlle Berthe à la porte une fois pour toutes. Je lui ai cherché querelle et, quelques minutes plus tard, comme elle menaçait de partir, c'est moi qui lui ai demandé pardon en pleurant. Je suis sûre qu'elle me déteste et qu'elle aussi me rend responsable de la mort de Bob.

Elle oubliait de baisser la voix et la vieille fille pouvait l'entendre. Je mis un doigt sur mes lèvres.

— Cela m'est égal. Elle sait ce que je pense. Quand la bouteille sera vide, j'irai en chercher une autre dans la glacière, car je veux être aussi saoule que le jour où je l'ai rencontré. Il était saoul aussi. Nous étions saouls tous les deux. Nous sommes entrés dans je ne sais combien de bars et je le vois encore devenir rouge quand, avec son coude, il a renversé les verres de deux autres consommateurs. C'est à cela que j'ai deviné qu'il n'avait pas l'habitude et qu'il se forçait.

» — Vois-tu, petite fille, m'expliquait-il avec une certaine solennité, le hasard a voulu que tu partages la nuit la plus importante de mon existence.

» Il n'avait pas quatre ans de plus que moi et il m'appelait « petite fille » d'un air protecteur.

» — A l'heure qu'il est, quatre messieurs âgés sont couchés, trois avec leur femme, l'autre tout seul, car il est célibataire, à moins qu'il fasse dormir sa cuisinière dans son lit. Chut ! ...

» Je riais. Il me tenait par la taille et nous zigzaguions au milieu de la rue déserte, à la recherche d'un autre bar ouvert.

» — Demain matin, ces quatre messieurs se

lèveront, se raseront — les quatre ! pardon, trois ! le quatrième porte toute sa barbe — et se dirigeront — les quatre ! — à pied, en autobus ou en métro, vers l'Ecole de Droit dans le but précis de poser un certain nombre de questions à un jeune homme distingué prénommé Robert.

» — Il sera beau, Robert !

» — Tu ne comprends donc pas que Robert ne sera pas là ?

» Tu sais comment cela se passe, Charles. Tu as été étudiant, et il a dû t'arriver de sortir avec des filles comme moi. Après tous les verres que j'avais bus, je me suis senti une âme maternelle et je me suis figuré que c'était un devoir sacré d'empêcher ce garçon de bonne famille de commettre une bêtise qu'il regretterait toute sa vie.

» — Qu'est-ce qui en sortira ?

» — Rien.

» — Comment, rien ?

» — Je ne serai ni avocat, ni juge d'instruction, ni président d'un tribunal.

» — Que feras-tu ?

» — N'importe quoi.

» Un taxi passait et il le désigna d'un geste emphatique.

» — Chauffeur de taxi, par exemple ? Je sais conduire et connais assez bien les rues de Paris.

» — Et tes parents ?

» — Ma mère est morte. Quant à mon père, il est couché à quelques centaines de mètres d'ici, à l'*Hôtel d'Orsay*, où il a l'habitude de descendre quand il vient à Paris.

» — Tu n'es pas de Paris ?

» — De Poitiers, Vienne, 27 rue des Carmélites. Mon père est arrivé par le train de 10 heures 28 et rôdera demain matin dans les couloirs de la Faculté où tout le monde s'incli-

nera à son passage en bêlant : « Monsieur le professeur... »

» — Ton père est professeur ?

» — Et doyen de la Faculté de Poitiers.

» — Ecoute, Robert...

» J'en oubliais de l'appeler Bob comme je
l'avais fait toute la soirée.

» — Essaie de m'écouter. Où habites-tu ?

» — Et toi ?

» — Nulle part. Moi, cela n'a pas d'importance.

» C'était vrai que je n'habitais nulle part,
puisque, les dernières semaines, j'avais couché
dans la chambre d'hôtel de Constantinesco où
mes affaires se trouvaient encore.

» J'insistai :

» — Dis-moi où tu habites. Il faut absolument
que tu te couches. Tu essaieras de te faire vomir,
puis tu prendras une citronnade chaude avec
deux comprimés d'aspirine et, demain matin...

» Il s'est mis, au beau milieu d'un carrefour,
à me soulever et à m'embrasser sur la bouche
tandis que je battais des jambes pour l'obliger à
me lâcher. Je ne me suis jamais sentie si petite
à côté d'un homme.

Ce rappel de la haute taille de Bob et de sa
petite taille à elle la faisait pleurer et je lui ten-
dis un mouchoir propre que j'ai toujours dans
la poche extérieure de mon veston.

— C'est bête ! Il y a vingt-trois ans de ça et,
d'en parler, il m'en revient des bouffées comme
si j'y étais encore.

Elle tendit la main vers son verre.

— Je peux ?

Ce fut moi qui allai chercher une seconde
bouteille dans la glacière, où il y avait des res-
tes d'aliments sur des plats. Pourquoi cela m'a-

t-il choqué de voir une demi-côtelette figée dans sa graisse ?

— Nous avons fini au bar de la *Coupole*. Cramponnée à son bras, je continuais à lui faire de la morale, et, pendant tout un temps, il s'est regardé dans la glace d'un air sombre. Je vous jure, Charles, que ce que je vous dis est vrai. J'ai même fouillé ses poches dans l'espoir d'y trouver sa clef, car il arrive que le nom de l'hôtel soit dessus.

» — Quand tu m'as vu entrer au *d'Harcourt*, petite dinde, il y avait une demi-heure que ma décision était irrévocable et que j'avais pris le parti, afin de couper définitivement les ponts, de me saouler la gueule par les moyens les plus rapides.

» — Pourquoi fais-tu ça ?

» Je ne me rappelle pas tout ce qu'il m'a dit. Il a été obligé de me quitter soudain pour se précipiter vers les lavabos et j'ai demandé au barman :

» — Vous le connaissez ?

» — C'est la première fois que je le vois. Il est souvent comme ça ?

» — Je le vois pour la première fois aussi.

» Quand il est revenu, longtemps après, il était livide, les paupières aussi rouges et gonflées que Rosalie Quéven.

» — Partons, maintenant, dis-je.

» — Ce n'est pas la peine. Cela ne changerait quand même rien.

» — Alors, bois au moins une tasse de café noir.

» En même temps, j'adressais un clin d'œil au barman qui tendait déjà une tasse vers le percolateur.

106

» — Un cognac ! commandait Bob. Deux cognacs. Dans des grands verres.

» Il commençait à me faire peur. Le barman dut craindre, lui aussi, qu'il fasse un esclandre et a préféré lui servir ce qu'il réclamait. Après, je ne me rappelle pas sous quel prétexte, nous avons bu de la bière, puis du Cointreau.

» Une phrase me revient, qu'il a répétée avec insistance :

» — Puisque je te donne ma parole d'honneur que tu n'y es pour rien !

» Vous me croyez, Charles ? Vous êtes persuadé que j'ai fait tout le possible pour qu'il aille se coucher et qu'il se présente à son examen ?

— Je le crois, Lulu.

— Cela ne paraît pas invraisemblable ?

— Pas pour moi.

— Vous croyez aussi qu'il avait décidé, comme ça, de renoncer à sa carrière ?

— Il ne vous en a pas donné la raison ?

— J'ai souvent essayé de le questionner sur ce sujet, mais ça lui déplaisait. Il me regardait alors d'une façon que je n'aimais pas, à la fois un peu attendrie et protectrice, comme si je n'étais qu'une petite fille incapable de comprendre certaines choses.

» — Ne t'inquiète pas de ça, ma Lulu. J'ai fait ce que j'avais décidé de faire et ne l'ai jamais regretté. Le reste n'a aucune importance.

» Vous avez des cigarettes, Charles ?

Elle fumait par nervosité, lançait presque aussitôt sa cigarette sur le plancher et l'écrasait du pied.

— Qu'est-ce qui me prend de me faire du mauvais sang avec ces vieilles histoires ? Ce n'est pas moi qui suis allée le chercher. Il était majeur, était censé savoir ce qu'il faisait. Dieu sait ce qui serait arrivé s'il était tombé sur une autre que moi. J'ai passé le reste de la nuit à le soigner, alors que j'étais aussi malade que lui.

C'était curieux de voir monter en elle et éclater soudain ces révoltes qui s'accordaient si mal avec son caractère.

— Vous êtes rentrés tous les deux chez lui ? ai-je questionné pour la remettre dans un autre état d'esprit.

— Rue Monsieur-le-Prince. Pas à l'hôtel, mais dans une maison particulière où il avait un appartement entier, une belle chambre, un salon qui lui servait de bureau et une salle de bains. Déjà, dans l'escalier, il a failli vomir. Il l'a fait en entrant dans la chambre et m'a crié méchamment de ne pas le regarder. Vous savez ce que c'est, Charles. A certain moment, il me mettait à la porte et l'instant d'après il me suppliait de rester. J'ai trouvé un réchaud sur lequel j'ai préparé du café. Je lui ai enlevé sa cravate, son veston, sa ceinture, et je l'ai assis au bord du lit pour lui retirer ses souliers.

» — Drôle de nuit, hein ? a-t-il ricané.

» — Cela ira mieux demain.

» — Tu as déjà travaillé, toi ?

Elle s'interrompit, me regarda dans les yeux, soudain cramoisie.

— Il faut que je le dise, ne fût-ce qu'une fois, et j'aime mieux que ce soit à vous. Il a prononcé cette nuit-là la phrase la plus cruelle qu'on m'ait dite. Je ne la lui ai jamais rappelée, bien qu'elle m'ait poursuivie toute ma vie. Si, le lendemain, nous ne nous sommes pas souvenus l'un et l'autre de tous les détails de la soirée et de la nuit, je suis sûre qu'il s'est rappelé la phrase, qu'elle a dû souvent lui remonter à la mémoire et que, chaque fois, il en a souffert.

108

» Il a dit...

Elle avala un sanglot avant de prononcer d'une voix plus dure, avec une sorte de défi :

— Voilà. Il a dit :

» — *Tu as déjà travaillé, toi ? Je veux dire autrement qu'avec ton ventre ?*

» Et je n'ai pas protesté. Je ne suis pas montée sur mes grands chevaux. Je ne me suis pas mise à sangloter. Qu'on ne vienne pas me dire, après ça, que je l'ai trompé sur mon compte. J'ai ri. J'ai retiré ma robe pour ne pas la salir en lavant la vomissure sur le tapis.

» Voilà comment ça s'est passé. Des gens, au-dessus de nos têtes, se sont mis à frapper le plancher pour nous demander de faire moins de bruit.

— *Cela doit être crevant !*

» Qui ? Quoi ? Que voulait-il dire ? De travailler avec son ventre ? Je n'en sais rien. Cela m'est égal. Assis au bord du lit, l'air encore malade, il m'a fait mettre nue, et, après m'avoir contemplée longtemps, ce qu'il a trouvé à dire a été :

» — *Tu es toute petite.*

» Je crois qu'il a ajouté :

» — *Crevant !*

» Vous voyez comme c'était sentimental. Je l'ai déshabillé et il n'était même plus capable de pisser dans la lunette. Cela ne l'a pas empêché d'essayer de me prendre. Moins il y arrivait et plus il s'obstinait et les gens d'en haut commençaient à se fâcher.

» Il a fini par s'endormir. Je suis restée longtemps éveillée, à me demander si je ne ferais pas mieux de m'en aller. J'ai décidé de rester. Il y avait un réveil sur la table de nuit et je l'ai mis sur huit heures. Il était cinq heures moins dix.

Il faisait jour. A huit heures, je me suis levée pour aller préparer du café. J'ignorais l'heure de son examen, mais je savais que cela se passe d'habitude vers dix heures. Il avait le temps.

» Au moment de l'éveiller, j'ai passé ma combinaison.

» — Bob ! ... Il est temps... Il est huit heures...

» Il a entrouvert les yeux, m'a d'abord regardée avec surprise, comme s'il ne se souvenait pas de moi.

» — Pourquoi me réveilles-tu ? a-t-il enfin demandé.

» — Il est huit heures... Ton examen...

» C'est alors, Charles, que j'ai eu la preuve qu'il avait réellement pris sa décision avant de me connaître. Il avait la gueule de bois. Il n'était pas bien réveillé. Son regard n'en était pas moins le regard d'un homme qui sait ce qu'il dit.

» — Puisque je ne me présente pas !

» — Mais...

» — Couche-toi.

» Il s'est ravisé en sentant l'odeur du café.

» — Donne-m'en une gorgée.

» Il a bu toute la tasse, soulevé sur un coude, m'a demandé :

» — Tu avais l'intention de t'en aller ?

» — Pourquoi ?

» — Tu as mis ta combinaison.

» — Es-tu sûr qu'il n'y a aucun moyen de te faire changer d'avis ?

» — Pour mon examen ? non, non et non ! C'est la dernière fois que je le répète sans me fâcher. Maintenant, couche-toi, ou fiche le camp ; à ton choix.

Lulu et moi avions presque fini la seconde bouteille.

— Je me suis couchée, tu le sais aussi bien

que moi, puisque je suis ici. Nous nous sommes rendormis. Beaucoup plus tard, j'ai entendu des coups frappés à la porte et j'ai secoué Bob.

» — Il y a quelqu'un sur le palier.

» Il s'est frotté les yeux, a avalé une goutte de café froid qui restait au fond de la tasse et a regardé l'heure.

» — C'est mon père, a-t-il déclaré tranquillement.

» Il y avait trois minutes qu'on frappait, peut-être plus, car je ne suis pas sûre de m'être réveillée tout de suite. On a essayé de tourner le bouton, du dehors, mais, la nuit, j'avais tiré le verrou.

» — Robert ! appelait une voix d'homme.

» J'ai vu qu'il hésitait à répondre.

» — Je sais que tu es chez toi. La concierge t'a entendu rentrer.

» — Oui, père.

» — Vas-tu ouvrir ?

» — Un instant...

» C'étaient ses dernières minutes de petit garçon qu'il vivait, et je les lui ai vu vivre. Peut-être regrettait-il, à ce moment-là, que je ne sois pas partie. Avec des gestes un peu fébriles, il a passé un pantalon, une robe de chambre, car il s'était couché sans pyjama.

» — Par l'autre porte... a-t-il prononcé.

» Une porte qui faisait communiquer le salon avec le palier. Quant à moi, j'essayai de me rhabiller sans bruit, avec l'idée de sortir en fraude.

» — Quelqu'un est dans ta chambre ?

» — Oui, père.

» — Une femme ?

» — Oui.

» — C'est à cause de cela que tu ne t'es pas présenté à l'examen ?

» Il était onze heures et demie. Je n'avais plus que ma robe à passer et je comptais m'en aller en tenant mes souliers à la main.

» — Ce n'est pas à cause de cela, répondait Bob, d'une voix que je ne lui ai plus entendue depuis.

» Contrairement à ce que j'avais craint, son père ne se mettait pas en colère. Je n'ai connu de lui que sa voix. J'en ai été fort impressionnée et il m'a toujours semblé que je l'aurais aimé. La porte était restée à demi ouverte entre les deux pièces. J'avais l'impression qu'il écoutait et je n'osais plus bouger.

» — Après avoir mûrement réfléchi, j'ai décidé de n'être ni avocat, ni magistrat. Je t'en demande pardon.

» — Pourquoi n'as-tu pas averti la Faculté ?

» — J'ai eu tort.

» — Cela t'arrive souvent de t'enivrer ?

» — J'ai été ivre cette nuit pour la première fois.

» — Tu connais la femme qui est dans ta chambre ?

» — Depuis hier à six heures et demie.

» — Tu n'as rien à me dire ?

» — Pas aujourd'hui, sinon que je suis navré de te décevoir.

» — Tu enverras un mot d'excuse à tes professeurs ?

» — Je le ferai.

» — Ta sœur m'a accompagné à Paris, car je lui avais promis que nous déjeunerions tous les trois chez *Foyot* pour fêter ta réussite. Elle m'attend à l'hôtel.

» — Demande-lui pardon de ma part.

» — Quand te verrai-je ?

» — J'irai te voir à Poitiers dès que je serai capable de t'expliquer.

» Ils sont restés un certain temps silencieux et il était trop tard pour que je m'en aille. J'ai entendu tourner le bouton, puis il y eut un toussotement.

» — Au revoir, fils.

» — Au revoir, père.

» La porte s'est ouverte et refermée. Quelqu'un s'est mis à descendre lentement l'escalier et, si j'avais osé, je me serais précipitée à la fenêtre pour voir le père de Bob sortir de l'immeuble.

» Bob ne m'a pas rejointe tout de suite. Je me demandais ce que je devais faire quand il est enfin apparu, plus calme que je ne m'y attendais, un vague sourire au coin des lèvres. C'était son sourire, vous savez, pas encore tout à fait le même que vous avez connu. A cette époque-là, il frémissait encore d'une certaine nervosité, d'une certaine inquiétude.

» Il a regardé avec surprise les souliers que je tenais à la main, a mis un certain temps à comprendre.

» — Refais-nous du café, a-t-il dit. Il reste de l'aspirine dans le tube ?

» — Deux comprimés.

» — Donne-les-moi.

» Il ne m'a pas demandé si je n'en avais pas autant besoin que lui.

» — Tu as faim, toi ?

» — Non.

» — Moi non plus. Autant que nous restions couchés toute la journée. Il sera temps, ce soir, de sortir pour dîner.

» Nous avons fait l'amour et, pendant qu'ensuite il dormait, je suis restée les yeux

113

ouverts, me sentant triste. Il a dormi jusqu'à six heures. Nous avons pris notre bain l'un après l'autre et cela a paru l'amuser.

» — Je ne sais pas pourquoi, a-t-il déclaré soudain, j'ai une furieuse envie de manger des escargots.

» Cela m'a fait rire. Nous nous sommes mis à rire ensemble. On aurait dit que nous n'étions plus attachés par aucun fil. Il nous suffisait de nous regarder, de dire n'importe quoi pour avoir envie de pouffer.

» — Où sont tes affaires ?

» — Chez ton ami.

» — Ce n'est pas mon ami, seulement un camarade.

» Il m'a soudain regardée d'un œil soupçonneux.

» — Tu l'aimes ?

» — Non.

» — Tu as le béguin ?

» — Non.

» — Tu m'aimes ?

» J'ai répondu non, en riant, et j'ai été surprise du sérieux avec lequel il m'épiait. J'ai cru devoir ajouter :

» — Je plaisante !

» — C'est lui qui a laissé tomber sèchement :

» — Non.

» Plus tard, il a grommelé :

» — Allons manger des escargots et chercher tes affaires.

La porte s'est ouverte brusquement au moment où nous nous y attendions le moins et nous avons dû sursauter comme si nous étions pris en faute. Mlle Berthe ne se contentait pas, cette fois, de passer par l'entrebâillement sa tête couverte de bigoudis, mais se montrait tout entière, drapée dans une horrible robe de chambre violette, les narines pincées par la colère.

— Je suppose que vous avez décidé de passer la nuit tous les deux à vous faire vos sales confidences ?

Le nez de Lulu a frémi aussi et le bout en est devenu pâle, des plaques rouges sont apparues sur son visage. J'ai vu le moment où elles allaient se jeter l'une sur l'autre, toutes griffes dehors.

Lulu s'est contenue, s'est contentée de répliquer d'une voix mate :

— Justement ! J'en ai encore pour deux heures au moins.

L'autre en a été si déroutée, qu'elle a ouvert la bouche et a disparu comme elle était entrée.

— Vous ne croyez pas qu'elle va partir ? demandai-je en entendant ouvrir et fermer des tiroirs dans la chambre.

— N'y comptez pas ! Ce sera aussi dur de la faire partir que de noyer un chat.

Mlle Berthe a dû entendre, car Lulu ne s'était pas donné la peine de baisser la voix. A mon grand étonnement, les allées et venues ont cessé soudain de l'autre côté de la porte, les ressorts du lit ont grincé et cela a été le silence total.

6

J'ai passé la dernière semaine d'août et les trois premiers jours de septembre à Fourras, à quelques kilomètres au sud de La Rochelle, où ma femme allait déjà en vacances quand elle était enfant. Je me suis baigné deux fois par jour dans la mer toujours un peu jaunâtre à cause des fonds de vase. J'ai mangé de la chaudrée, des huîtres et des palourdes. Les jours où il ne pleuvait pas, je suis resté étendu des heures, tantôt à l'ombre, tantôt au soleil, dans un fauteuil transatlantique, et il m'est arrivé, en passant, de risquer quelque argent à la boule, le soir, au casino. Parfois enfin, j'ai joué avec mes deux fils, mais ils ne m'acceptent pour partenaire qu'avec condescendance, pour me faire plaisir, cachant mal leur hâte de rejoindre les garçons et les filles « de la bande ».

A peu près chaque jour, j'ai entendu parler de la trousse volée, qui a fini par devenir un objet unique et irremplaçable.

— Tu as vu le commissaire de la Police Judiciaire comme je te l'ai recommandé dans ma lettre ?

— Je n'en ai pas eu le temps.

— Tu n'as pourtant pas tant de malades au mois d'août. Comment va Lulu ?

— Pas trop bien.

— Elle se fait du mauvais sang ?

— C'est difficile à dire. Je ne la trouve pas tout à fait elle-même. Je crains qu'elle se laisse aller.

— Tu l'as beaucoup vue ?

— Deux ou trois fois.

— Elle a toujours ses quatre ouvrières ?

— Mlle Berthe vit maintenant avec elle.

— Complètement ?

— Oui.

— Elles dorment dans le même lit ?

J'ai changé de conversation, par prudence, car j'ai désormais quelque chose à cacher, quelque chose à me reprocher, comme disait ma mère en me regardant avec méfiance, et ce n'est pas seulement l'histoire de la trousse volée rue de Clignancourt.

La vérité est que je suis retourné deux fois chez Adeline, trois fois si je compte celle où je ne l'ai pas trouvée à son hôtel, et, une des fois, c'était, comme Bob, le samedi après-midi, le dernier samedi passé à Paris avant de prendre le train pour Fourras.

Si j'étais capable d'expliquer ça, je serais sans doute à même d'éclairer un des côtés les plus obscurs de la nature humaine. Les yeux mi-clos, sur la plage bruyante où je regardais vaguement s'ébattre des garçons et des filles demi-nus, je me suis plusieurs fois posé la question, non parce que j'avais des remords, mais par pure curiosité vis-à-vis de moi-même et des autres.

Qu'est-ce qui m'a poussé à retourner chez Adeline ?

Vu avec mes yeux de médecin, c'est un petit corps ni beau, ni laid, plutôt mal portant, qui manque de globules rouges, et la peau est pâle et molle, trop transparente, la taille étroite, les côtes saillantes, le bassin plus large qu'il n'est d'habitude à son âge. Elle a des seins en poire, sombres au bout, dont la consistance me fait penser à un pis de chèvre.

Elle ne se met guère en frais pour moi et fait plutôt mal l'amour, pour l'excellente raison qu'elle n'y prend qu'un plaisir modéré. Elle est plus occupée, pendant ce temps-là, à m'observer qu'à coopérer et je la soupçonne d'agir de même avec tous ses partenaires.

Pourquoi accepte-t-elle ? Pourquoi n'a-t-elle pas eu un instant d'hésitation ni la première fois, ni les deux autres ? Je me suis posé cette question-là aussi. Il y a le fait, bien sûr, que c'est une sensation plutôt agréable. Je n'en suis pas moins persuadé que, ce qui l'intéresse avant tout, c'est d'acquérir, ne fût-ce que pour quelques minutes, une incontestable importance.

Je ne l'ai pas avertie de mes visites, auxquelles je ne me suis chaque fois décidé qu'au dernier moment, presque à mon corps défendant. Chaque fois, elle a eu le même sourire un peu ironique.

— C'est vous !

La troisième fois, elle a dit :

— C'est toi !

Puis, comme si c'était drôle :

— Alors ? Voilà que ça te prend encore ?

J'avais fatalement pensé à elle, puisque j'étais là. J'avais été contraint de déranger l'emploi de ma journée. Et c'était elle que j'avais choisie, car elle est persuadée que j'ai d'autres occasions, ce qui est vrai.

Se croit-elle belle ? Peu importe. Ce qui

compte, à ses yeux, c'est qu'elle soit capable de me troubler, et c'est d'autant plus important que je suis un médecin, un homme qui voit toute la journée des femmes dans leur intimité.

Plus je suis gauche en m'approchant d'elle, et plus, j'en suis sûr, elle est contente. C'est mon trouble qu'elle guette au lieu de penser à son plaisir, la minute où, par un miracle qui se reproduit quelques millions de fois par jour, un corps de femme devient pour un homme la seule chose importante au monde.

Je me trompe peut-être. En tout cas, ce n'est pas par intérêt qu'elle me reçoit, je ne lui donne pas d'argent. Lors de ma seconde visite, je lui ai porté une boîte de chocolats qu'elle a mise sur la table sans la regarder et, la fois suivante, je lui ai offert une écharpe de soie dont elle n'a pas fait plus de cas.

Mais moi ? Pourquoi ? Non seulement moi, mais tous les hommes qui, je le sais, sont dans mon cas, même s'ils ne se l'avouent pas toujours ? Ce n'est pas curiosité de ma part, car j'en ai vu des quantités d'autres bâties comme elle, mieux qu'elle, et je connais leurs réactions qui ne m'intéressent plus. Quoi qu'on puisse en penser, ce n'est pas du vice non plus, et d'ailleurs ce mot-là n'existe pas dans le vocabulaire médical.

Je me demande si, au fond, ce n'est pas une réaction contre la société et ses règles, un peu l'équivalent, par exemple, de l'homme repu qui a un compte ouvert chez son boucher, qui fréquente les meilleurs restaurants, et qui n'en va pas moins à la chasse, pour tuer, comme le sauvage affamé, poussé par un instinct qui date du temps des cavernes. N'est-ce pas révélateur qu'il fasse empailler la tête de ses victimes et l'expose sur ses murs tout comme les Indiens d'Amérique portaient le scalp de leurs ennemis à la ceinture ?

Pourquoi ne ressentirions-nous point, pareillement, de temps à autre, à la façon d'un retour de sauvagerie, la nostalgie de l'accouplement pur et simple, débarrassé de l'attirail compliqué de légalité, de moralité et de sentimentalité dont on l'a entouré.

Je n'ai pas fait la cour à Adeline. Je ne lui ai rien demandé. Elle était couchée, la première fois, et s'est contentée de retirer sa culotte.

Peu m'importait, peu m'importe ce qu'elle pense de moi, comment elle me juge et si, quand je suis sorti, elle appelle son amie pour rire de moi avec elle.

Alors qu'on accorde, dans la vie sociale, tant d'importance au geste le plus naturel d'un homme et d'une femme, et qu'on a dressé tant de barrières autour de ce geste, on a laissé en marge, comme une soupape de sûreté, quelques exceptions, quelques Adeline.

Je n'irai pas jusqu'à prétendre qu'en me rendant rue de Clignancourt je protestais contre la société et que je me vengeais d'elle. Il y a néanmoins de ça. Echapper aux règles pendant quelques minutes, c'est se donner le droit d'agir une fois en animal.

Cela n'explique pas Bob, je m'en rends compte. Son cas est plus compliqué. Ce que je vais dire de la fille en rouge n'a rien à voir non plus avec Bob et Lulu, ni directement avec mes visites à Adeline, et pourtant je la mêle instinctivement à mes préoccupations.

Je l'ai regardée pendant des heures jouer au volley-ball et à des jeux de plage sur le sable avec d'autres jeunes filles et d'autres jeunes gens. Elle porte un maillot aussi collant que s'il était en caoutchouc, d'un rouge vif, et c'est sans contre-dit la femelle la mieux formée de tout Fourras, sa chair donne une telle impression de maturité qu'on éprouve la tentation de la toucher comme on tâte un fruit.

Grâce à mes lunettes de soleil ma femme ne pouvait savoir ce que je regardais, et elle me racontait les potins du casino où les femmes se retrouvent pour le thé, me parlait de nos enfants et de ceux des autres.

Pendant trois jours, j'ai vécu intimement, si l'on peut dire, avec cette belle fille-là, jusqu'au moment, où, un soir, comme nous sortions de la villa, nous avons rencontré une gamine accompagnée de sa mère : c'était la fille en rouge, qui portait une robe de cotonnade à fleurs et que ma femme a saluée en l'appelant Martine.

— Quel âge a-t-elle ? me suis-je informé.

— Douze ans. On ne le croirait pas. Elle est grande pour son âge.

J'ai rougi et me suis adressé des reproches toute la soirée. Parce que, selon les règles de la société, les règles du jeu, je me suis rendu cou-pable en pensée. Et je me rends parfaitement compte des réactions que j'aurais eues si j'avais été le père de la gamine, vis-à-vis d'un autre homme pensant comme je l'avais fait.

Il faut croire que l'homme a voulu vivre en société puisque la société existe, mais aussi, depuis qu'elle existe, l'homme emploie une bonne part de son énergie et de son astuce à lut-ter contre elle.

Je ne perdais pas Bob et Lulu de vue. C'est en partant d'eux que j'en suis arrivé, par Dieu sait quels détours, à ces considérations assez embrouillées. L'opinion de ma femme est simple, définitive.

— Je suis persuadée que Dandurand était un faible. Un bon garçon, mais un faible. Il s'est laissé enliser petit à petit dans la vie bohème de Montmartre et est devenu un raté comme il y en a tant.

— Tu crois que c'est pour cela qu'il s'est tué, par dégoût de lui-même et de l'existence qu'il menait ?

— Pourquoi pas ? Il était assez intelligent et instruit pour se rendre compte de sa déchéance.

Je n'ai pas voulu discuter ce dernier mot.

— Comment expliques-tu qu'il ait attendu d'avoir quarante-neuf ans ?

— Plus jeune, on parvient encore à se faire des illusions, on se dit que les choses peuvent changer. C'est en vieillissant qu'il s'est aperçu du vide.

— Tu ne penses pas qu'il aimait Lulu ?

— Je n'en suis pas si sûre. Certains hommes préfèrent rester avec une femme qu'avouer qu'ils se sont trompés. Tu admettras que ce n'était pas la compagne qu'il lui aurait fallu.

J'ai préféré ne pas répondre. Je te trahissais, ma pauvre Lulu, mais je n'avais pas le courage, sur la plage baignée de soleil d'où je suivais des yeux les évolutions d'un petit voilier, d'amorcer une discussion qui aurait tourné à l'aigre.

— Au fait, ai-je dit, nous pourrions lui envoyer une carte postale.

— A qui ?

— A Lulu. Cela lui fera plaisir.

Nous l'avons signée tous les deux. La phrase de ma femme au sujet de l'amour de Bob pour Lulu m'a rappelé une phrase de lui, que Lulu m'a répétée. C'était le soir où elle s'était montrée si catégorique avec Mlle Berthe. Elle lui avait déclaré, par défi, que nous en avions encore pour deux heures et, en effet, quand je suis parti, le jour commençait à poindre et nous avions vidé une troisième bouteille de vin blanc sans trop nous en rendre compte.

Ce qui a fait le charme de cette soirée, ou plutôt le charme de cette fin de nuit, c'est que Lulu ne se croyait plus obligée de parler sans répit. Elle s'était étendue sur le canapé tandis que j'étais assis dans le fauteuil et il lui arrivait de garder si longtemps le silence que, deux ou trois fois, je me suis demandé si elle n'était pas endormie.

— Il y avait bien trois semaines que nous vivions ensemble quand il m'a dit, sans raison, comme ça, tout à coup :

» — *Tu sais, quand tu en auras assez, il ne faudra pas te gêner.*

Lulu a ajouté avec un sourire humide d'émotion :

— J'étais bête, en ce temps-là. J'ai pleuré toutes les larmes de mon corps, je croyais qu'il voulait se débarrasser de moi. J'ai même commencé à faire ma valise.

— Comment cela s'est-il terminé ?

— Je ne sais plus. Sur le lit, probablement.

— C'était toujours rue Monsieur-le-Prince ?

— Non. Nous n'y sommes restés que jusqu'à la fin du mois, parce que le loyer était payé. C'est Bob qui a choisi d'aller vivre dans un hôtel meublé du boulevard des Batignolles, à deux pas de la place Clichy. Il n'a pas cherché dans d'autres quartiers. Il paraissait avoir son idée.

— Il travaillait ?

— Non. En réalité, il n'en avait pas besoin. J'ai appris par la suite que sa sœur et lui avaient hérité de leur mère trois fermes, dans la Vienne, dont Bob recevait la moitié du revenu. Il n'aurait pas pu en vivre longtemps, mais cela lui permettait de voir venir.

— Il a toujours une part des trois fermes ?

Je n'avais pas osé dire :

— A sa mort, il *avait* toujours...

— Oh ! non. Déjà, quand je l'ai connu, il avait hâte de s'en débarrasser. Tu sais pourquoi ?

Je commençais à m'en douter, mais préférais la laisser dire.

— Parce qu'elles l'empêchaient de se sentir un homme libre. Il répétait souvent que cet argent-là ne comptait pas, que c'était par hasard qu'il lui était tombé entre les mains et qu'il avait hâte de s'en défaire.

— Il aurait pu le donner.

Lulu m'a regardé avec stupeur. Je crois qu'à ce moment-là, j'ai failli perdre sa confiance, car il est resté de la paysanne en elle.

— A qui ?

Elle devenait presque agressive.

— A n'importe qui. A sa sœur, par exemple.

— C'est sa sœur et son beau-frère qui lui ont racheté sa part quand ils se sont mariés. Les fermes doivent encore leur appartenir et Dieu sait la valeur qu'elles ont prise avec la guerre et les dévaluations.

— Qu'a-t-il fait de l'argent ?

— Il en avait dépensé une partie, car sa sœur lui faisait des avances. Avec le reste, il a acheté ce magasin.

Je m'étais toujours demandé comment s'étaient passées leurs premières années en commun et cela m'intriguait davantage depuis que je savais que Bob était le fils du professeur Dandurand.

— En somme, vous n'avez pas fait long feu au Quartier Latin.

— Il n'aimait pas la rive gauche.

Il avait choisi, comme première escale, un des carrefours de Paris où la vie est la plus bouillonnante, à la limite du monde des petits-bourgeois, de celui des ouvriers et des employés, enfin de la bohème et de la noce.

— Nous avions une petite chambre, au cinquième, avec eau courante, et il n'y avait pas d'ascenseur.

— Que faisait-il toute la journée ?

— Nous marchions beaucoup. Il ne sortait jamais sans moi, mais jamais, non plus, il ne me demandait où je voulais aller, ni si j'avais soif ou si j'étais fatiguée. Il s'était habitué à ce que je sois là et il lui arrivait de garder le silence pendant une heure entière, comme il lui arrivait de parler longuement sans se préoccuper de mes réponses.

» Nous entrions dans beaucoup de bistrots, les plus petits, les plus sombres, dont il aimait l'atmosphère, et il écoutait les gens parler devant le comptoir, les ouvriers en blouse, les boutiquiers d'alentour qui venaient boire un coup sur le pouce. Nous prenions la plupart de nos repas dans les restaurants de chauffeurs où le menu est écrit sur une ardoise et où cela sent toujours l'oignon rissolé.

» Le soir, dans notre chambre, il se mettait à écrire.

— Qu'écrivait-il ?

— Il me disait que c'étaient des notes. Plus tard, il m'a avoué qu'il s'agissait d'un roman.

— Il voulait devenir romancier ?

— Il voulait faire quelque chose par lui-même, n'importe quoi. Il aurait aimé décrire

Paris et ses petites gens tels qu'il les voyait. Un jour, dans un bar de la place Blanche, il a murmuré :

» — Cela ne me déplairait pas de travailler derrière un comptoir comme celui-ci.

» Il a été vexé que j'éclate de rire, mais j'avais cru sincèrement qu'il plaisantait.

» Une fois que, dans un autre caboulot du quartier, trois maçons buvaient du vin rouge, il m'a déclaré :

» — Ils font un des plus beaux métiers du monde. Si ce n'était pas que j'ai le vertige...

» Il lisait les petites annonces, en découpait qu'il mettait de côté.

— Il ne parlait jamais de sa famille ?

— Seulement un peu avant les fêtes, vers le dix ou le quinze décembre. Nous avions déménagé pour prendre une chambre dans un hôtel de la rue Lepic, qu'il appelait la rue la plus humaine du monde. Le premier étage était réservé à ce que la patronne appelait le casuel, c'est-à-dire aux filles qui, dès trois heures de l'après-midi, montaient pour quelques minutes avec un client. La prostitution n'était pas encore interdite. Nous les connaissions toutes de vue et, quand il faisait particulièrement froid, il arrivait à Bob de leur offrir un grog au coin de la rue.

» Il avait acheté un réchaud à alcool afin que nous puissions préparer nos repas dans la chambre. C'était interdit. Un de nous devait monter la garde sur le palier, quand le réchaud brûlait, et il fallait ensuite ouvrir la fenêtre toute grande pour dissiper l'odeur de cuisine.

» Il avait donné une cinquantaine de pages qu'il avait écrites à taper à une dactylo qui faisait des travaux chez elle et dont nous avions vu

la plaque blanche en passant boulevard Roche-
chouart. En sortant de là, il m'avait annoncé :

» — Nous allons demain à Poitiers.

» — Moi aussi ?

» — Toi aussi.

» — Tu ne vas pas me présenter à ton père ?

» — Tu m'attendras à l'hôtel. Je n'en ai que
pour une heure ou deux.

» Cela vous étonne, Charles. Vous l'avez toujours connu à plaisanter et à faire rire les autres.
A vingt-quatre ans, cela lui arrivait rarement et,
quand ça le prenait, c'étaient des plaisanteries
que je ne comprenais pas ou qui me paraissaient
plutôt amères. Je lui demandais parfois :

» — Pourquoi ne m'avoues-tu pas ce que tu
penses ?

» — Parce que je ne pense rien.

» — Cela n'existe pas de penser à rien.

» — Il faut croire que si, puisque c'est mon
cas.

» Nous avons pris le train du matin pour Poitiers et, en sortant de la gare, il s'est arrêté
devant une bijouterie.

» — J'ai failli oublier l'anniversaire de ma
sœur.

» Il lui a acheté une barrette en or, sans orne-
ment. Puis, au moment de payer, il a aperçu une
bague bon marché, avec une pierre bleu pâle et
des fioritures autour, et il l'a achetée aussi, a
arrêté le geste du vendeur qui voulait l'envelop-
per avec la barrette, me l'a tendue sans me regarder.

» — C'est pour moi ?

» — Oui.

» Le miracle, c'est que la bague ait été à ma
taille. Je l'ai toujours, elle est devenue étroite, ou
plutôt ce sont mes doigts qui se sont boudinés.

128

Il faudra qu'un de ces jours je la fasse élargir. C'est le premier cadeau qu'il m'ait fait. Il m'a conduite ensuite dans un hôtel et n'y est resté qu'un instant pour se rafraîchir et se donner un coup de peigne. Je me souviens aussi qu'il a frotté ses souliers avec une des serviettes.

» Il avait parlé d'être absent pendant une heure ou deux et il est rentré après minuit, alors que je sanglotais, à plat ventre sur le lit, persuadée que sa famille était parvenue à le retenir pour toujours. Je suppose que je l'aimais déjà. Je me demande à présent si je ne l'ai pas aimé le premier jour, dès la terrasse du *d'Harcourt*. Est-ce possible, Charles ?

— Pourquoi pas ?

— Alors, peut-être ne m'a-t-il pas dit ça seulement pour me faire plaisir, a-t-elle murmuré rêveusement après un silence.

— N'a-t-il pas dit quoi ?

— C'était des années plus tard, dans cette maison-ci. Je venais de faire une fausse couche et me sentais découragée, surtout que, chaque fois, cela me rendait laide et que, pour un temps, je n'étais bonne à rien. Nous étions tous les deux le soir comme nous sommes maintenant, ce qui arrivait rarement.

» — Tu crois que tu m'aimes, Bob ? lui ai-je demandé sérieusement.

» Il m'a répondu avec une spontanéité qui m'a fait plaisir :

» — Parbleu !

» — Pourquoi ? ai-je insisté.

» — Ça, ma fille, je n'en sais rien.

» — Quand as-tu commencé à m'aimer ?

» Il était debout. Il ne restait jamais long-temps assis. On aurait dit qu'il ne savait où mettre ses longues jambes. Il a réfléchi en regardant le plancher.

» — Tu veux connaître le moment exact où je m'en suis rendu compte ?

» — Oui.

» — C'est quand, rue Monsieur-le-Prince, mon père m'a quitté et que, rentrant dans la chambre, je t'ai trouvée habillée, le chapeau sur la tête, tes souliers à la main. J'ai soudain compris que j'aurais pu retrouver la chambre vide et que je n'aurais même pas su où te chercher.

» Je ne lui ai pas fait remarquer qu'il connaissait l'adresse de son ami chez qui il aurait bien fallu que j'aille prendre mes affaires.

» J'ai souvent pensé qu'il avait parlé ainsi pour me faire plaisir. Mais, du moment que vous croyez que c'est possible...

Cela a vexé Lulu, ou l'a peinée, je l'ai senti, que, le soir de Poitiers, Bob ne lui ait rien dit de son entrevue avec son père et avec sa sœur.

— Elle est belle ? lui a-t-elle demandé.

— Pas mal.

— Grande ?

— Presque aussi grande que moi.

— Quel âge a-t-elle ?

— Dix-neuf ans.

— Comment s'appelle-t-elle ?

— Germaine. Si nous parlions d'autre chose.

Tout ce qu'elle savait, c'est qu'il n'avait pas l'air de s'être disputé avec son père. Au moment où il allait se déshabiller, il a regardé sa montre.

— Minuit et quart. Il y a un train qui vient de Bayonne et qui passe à une heure vingt. Nous avons le temps de le prendre. Rhabille-toi.

Ils voyageaient en troisième classe, pas tant par économie que parce que Bob en avait envie.

J'ai demandé à Lulu :

— Vous avez continué de voyager en troisième ?

— Pendant un certain temps. Plus tard, il a adopté les secondes.

Je m'apprêtais à m'en aller quand elle m'a supplié :

— Reste encore un peu, Charles. Cela me fait tant de bien !

C'est alors que j'ai su qu'Adeline avait parlé, car Lulu a ajouté avec un sourire complice :

— A moins que tu aies un rendez-vous ?

J'ai riposté :

— Rue de Clignancourt ?

Et elle a questionné sans protester :

— Elle est gentille ?

Adeline a dû lui faire croire que je suis amoureux et que je passe mes nuits chez elle. Cela n'a aucune importance.

— Qu'est-ce que tu crois que je vais devenir, Charles ?

C'est une question à laquelle il est bien difficile de répondre. J'ai fait semblant de réfléchir.

— Par moments, je me sens coupable d'être encore en vie. Sais-tu pourquoi j'ai si peur de rester seule la nuit ? C'est parce que je fais toujours le même rêve. Je finis par le faire tout éveillée. Je ne le vois pas, lui, mais seulement une forme nuageuse. Il n'y a que son bras qui soit vivant et qui me fait signe de venir. J'ai l'impression, alors, d'entendre un gémissement, et je me dis qu'il se plaint que je reste trop longtemps.

— Il faut vous raisonner, Lulu.

— J'essaie. Quand je sors pour me changer les idées, c'est encore pis, car il n'y a pas une rue dans laquelle je ne sois passée avec lui et qui ne me rappelle un souvenir. Je ne connaissais pas

Montmartre, moi non plus, avant de le rencontrer. Nous l'avons découvert ensemble, petit à petit.

Je l'ai laissée pleurer tout son saoul et, comme elle tenait la tête penchée en avant, je remarquai que ses cheveux commençaient à devenir rares.

— Même nos amis étaient ses amis à lui et, la preuve, c'est qu'ils ne viennent plus. Jusqu'au bon vieux Gaillard qui, depuis une semaine...

— Il est malade.

— Sûr ?

— On a dû le transporter d'urgence à l'hôpital.

— Il faudra que j'aille le voir. C'est vrai ce que je dis, Charles. J'ai souvent l'impression que même ma chair ne m'appartient plus, que c'était à lui et qu'elle est devenue inutile. Les mots que je prononce, c'est lui qui me les a appris. Tout ce que je fais du matin au soir, c'est lui qui en a décidé l'ordre. Comprends-tu ça ? Pourquoi, mon Dieu, a-t-il résolu de s'en aller ?

— Il n'a jamais été malade ?

— Il lui est arrivé de voir un médecin, comme tout le monde, pour la grippe ou pour une angine, plus tard à cause de ses maux d'estomac, mais on ne peut pas dire qu'il ait été vraiment malade.

— Il n'a pas consulté de médecin ces derniers temps ?

— En tout cas, il ne me l'a pas dit. Vous croyez que c'est peut-être à cause de sa santé ?

Je n'en étais pas là. Je cherchais à tâtons, moi aussi. Elle m'a encore parlé des cinquante pages de roman, que Bob a déchirées sans les relire le jour où la dactylo lui en a remis la copie, puis des semaines pendant lesquelles il passait en lever de rideau dans un petit cabaret du boulevard de Clichy. Il ne chantait pas, se contentait de réciter un monologue de sa composition.

— J'étais dans la salle, le premier soir, tout au fond, car il m'avait prévenue que cela le gênerait de me voir. Je n'ai pas tout entendu. Des spectateurs sont entrés tout le temps qu'il parlait. Il y a eu quelques applaudissements, pas beaucoup. Quand je l'ai rejoint, il m'a dit :

» — Ils n'ont pas ri.

» Et moi, stupide que j'étais, je lui ai demandé :

» — Ils devaient rire ?

Je crois que j'ai sommeillé dans mon fauteuil, pas longtemps, car, quand j'ai repris conscience, ma cigarette brûlait toujours dans le cendrier. J'ai cru Lulu endormie et me suis levé sans bruit, j'ai pris mon chapeau sur la table.

— Tu t'en vas ?

— Il est temps.

— Merci d'être venu. Seulement, il ne faut pas que tu le fasses par pitié.

Cela ne valait pas la peine de me coucher et j'ai traversé tout Paris, où les premiers autobus remplissaient les rues de leur vacarme. J'ai circulé un bon moment dans les allées du Bois, j'ai croisé quelques cyclistes et j'ai fini, à Saint-Cloud, au bord de la Seine, dans un bistrot qui ouvrait ses portes. Le soleil était encore pâle et frais. Un train de péniches passait lentement qui sentait le goudron. J'ai bu mon café en pensant à Bob, à son bras que Lulu voyait en rêve. Lui a-t-on raconté que c'est un bras qui avait émergé le premier quand on l'a repêché ?

Ma femme m'a dit hier, alors que, sorti de l'eau, je m'enveloppais dans mon peignoir en tissu éponge :

— Ce qui vaudrait le mieux pour elle, ce serait qu'elle se remarie.

Il m'a fallu un moment, là, sur la plage, pour me rendre compte que c'était le sort de Lulu qu'elle décidait. Pourquoi cela la tracassait-il aussi ? Etait-ce de sentir que j'y pensais plus qu'elle n'aurait voulu ?

— C'est probablement ce qu'elle fera.

Faut-il en déduire que ma femme, elle, se remarierait ? L'idée m'a surpris, parce que je me suis habitué à la considérer comme une personne mûre, qui a passé l'âge de certaines choses. Avec moi, c'est normal, parce que nous vieillissons ensemble. Mais qu'un autre...

C'est drôle ! Maintenant, je suis persuadé que, si je venais à mourir demain, elle essayerait de se remarier. Je devine même la raison qu'elle en donnerait.

— Pour les enfants, vous comprenez...

Bob aurait lancé :

— *Crevant !*

Je ne l'ai pas fait. J'ai questionné, curieux :

— Pourquoi penses-tu ça ?

— Je ne sais pas. Parce que ce n'est pas la femme à vivre sans un homme.

— Elle aimait Bob.

— Je sais.

Elle a dit ces mots-là sur un ton particulier.

— Je jurerais qu'il l'aimait aussi, ai-je ajouté.

— C'est possible, Charles. Je ne veux pas discuter. A quoi cela nous avancerait-il ? Tu devrais retirer ton peignoir qui est mouillé et le soleil aura vite fait de sécher ton maillot de bain.

Est-ce que, moi, je me remarierais ? Cela m'a amusé de me poser la question tout en regardant ma femme qui tricotait en comptant ses points du bout des lèvres. Je ne suis pas sûr de la réponse. Je serais très triste, c'est incontestable. Madeleine me manquerait. A cause des enfants, je serais forcé d'engager une gouvernante car, en aucun cas, je ne les mettrais en pension. Je n'ai pas l'impression que je serais tenté d'épouser Adeline et il me semble même que je n'aurais plus envie d'aller la retrouver.

D'y penser m'en donnait brusquement le désir et je comptai les jours qui me restaient à passer à Fourras.

— A quoi penses-tu ?

— A un de mes clients.

Je suis rentré seul, par le train de nuit, le 3 septembre. Les matins, sur la côte, devenaient frais, avec une brume dorée qui s'étirait au-dessus de l'eau jusqu'à ce que le soleil parvînt à l'absorber.

J'ai repris mes visites, mes habitudes. Maintenant que je le pouvais, je n'avais plus aucun désir de me rendre rue Clignancourt et n'étais pas trop enclin non plus à aller voir Lulu.

Je me suis contenté de lui téléphoner, un matin que j'avais fini ma toilette et mon petit déjeuner avant l'heure de ma consultation.

— Vous vous êtes bien amusé à la mer ? m'a-t-elle demandé.

— Vous savez comment c'est...

— Votre femme va bien ? Vos enfants ?

— Tout le monde se porte à merveille. Et vous ?

— Pas mal.

— Le moral ?

— Je ne sais pas. Je ne m'en occupe pas.

Je n'aimais pas cette réponse-là.

— La punaise est toujours avec vous ?

— Qui ?

— Mlle Berthe.

— Elle est ici.

— Toujours la même ?

J'ai eu l'impression que nous étions soudain très loin l'un de l'autre. Nous en arrivions à chercher que dire et que répondre. Lulu ne devait pas être seule. Elle ne l'est jamais. Les autres écoutaient. Cela suffisait-il à expliquer la froideur de sa voix ?

— Mes clientes commencent à rentrer et nous préparons les chapeaux d'hiver.

— Je passerai vous voir un de ces jours.

— C'est gentil.

— Au revoir, Lulu.

— Au revoir, Charles.

Peut-être se repent-elle de m'avoir parlé avec tant d'abandon la dernière nuit ? Elle ne m'a pourtant rien dit qu'elle ait à regretter. Ou bien est-ce simplement que Mlle Berthe a repris son influence sur elle ?

J'ai téléphoné à l'hôpital pour demander des nouvelles de Gaillard, m'attendant à ce qu'il soit mort. Il est rentré depuis trois jours dans son atelier du haut de la Butte et a repris sa tournée quotidienne des bistrots. Il doit à nouveau aller s'asseoir chaque après-midi dans l'atelier de la rue Lamarck pour boire son coup de blanc en tenant aux ouvrières des discours auxquels elles ne comprennent rien et qui les font pouffer.

Je me suis remis à penser à... Non ! Je ne veux pas revenir là-dessus. Je me suis soudain rappelé une phrase que j'ai lue quelque part, peut-être dans Stendhal, quand j'étais encore étudiant, et que j'ai copiée alors dans un de mes cahiers parce que je la trouvais très profonde :

« L'homme s'accoutume à tout, excepté au bonheur et au repos. »

C'est l'équivalent, en somme, de la boutade des carabins :

« L'homme bien portant est un malade qui s'ignore. »

Peu importe pourquoi cela m'est venu en tête. Ma femme et les enfants, surtout les enfants, m'ont manqué pendant la semaine qu'il me restait à passer avant leur retour. J'ai rencontré mon confrère Martin Saucier, celui qui a un service à Cochin et qui connaît la sœur et le beau-frère de Bob.

Je l'ai fait exprès de ne pas lui reparler de ceux-ci. C'est ridicule. J'ai l'impression, maintenant, d'avoir boudé Dandurand, comme si je lui en voulais de m'avoir fait regarder en face des vérités désagréables. Le veuvage de ma femme, par exemple, et son possible remariage ! Cela m'a tenu éveillé un soir, pendant une demi-heure, et je me suis relevé pour prendre une capsule de phénobarbital.

Si un homme en bonne santé, qui se considère comme normal et intelligent et qui a plus ou moins passé sa vie à étudier ses semblables, en arrive à se créer des fantômes aussi ridicules, que dire d'une Lulu, plongée d'un moment à l'autre dans une véritable tragédie ?

— A propos, j'ai reçu des nouvelles de Pétrel, me dit Saucier, qui n'oublie jamais rien. Leur fille a gagné je ne sais quel concours de natation. Ils rentrent samedi et ma femme et moi avons décidé de les inviter la semaine prochaine. Ta femme sera de retour ?

— Elle revient samedi aussi.

— Mercredi te va ?

— Je ne voudrais pas que tu te croies obligé à...

— Mais non ! Mais non ! Ma femme fera la

brandade. Ce sont des gens charmants qui, j'en suis sûr, t'intéresseront.

Maintenant que je suis enfoncé jusqu'au cou dans cette histoire, je ne peux plus y échapper. Je verrai donc la sœur, mercredi, et son mari et le garçon qui ressemble tellement à Bob.

Je n'avais qu'une seule visite à faire, le samedi après-midi, et ne devais être à la gare Montparnasse qu'à six heures et demie.

Toute la semaine, je m'étais répété :

— J'en profiterai pour aller voir Lulu, car, une fois ma femme de retour, il faudra que j'espace mes visites.

J'ai pris le chemin de la rue Lamarck, ai dépassé la place Constantin-Pecqueur et ai fini par m'arrêter devant l'hôtel douteux de la rue de Clignancourt.

L'amie, qui était là, m'a regardé avec un sourire qui se voulait malicieux et s'est levée en murmurant :

— Je vous laisse.

Adeline a répliqué le plus naturellement du monde :

— Si ça te dit de rester...

7

Les Saucier occupent un vaste appartement dont les fenêtres donnent sur les jardins du Luxembourg. Tous les deux sont de la rive gauche, résolument, par conviction, pourrait-on dire. Elle y est née, à cent mètres de l'immeuble qu'ils habitent maintenant, et son père était un grand toubib dont Saucier a été l'élève ; leur fils est dans l'armée en Afrique du Nord, leur aînée, qui a épousé, voilà un an, un jeune interne de Cochin, vient d'avoir un bébé, et la cadette en a encore pour un an à se soigner dans un sanatorium suisse.

Nous sommes arrivés les premiers, ma femme et moi. Ma femme a tout de suite suivi Charlotte Saucier dans la cuisine où celle-ci tient à préparer elle-même certains plats, car c'est une maison où l'on mange et où, en invitant un hôte, on lui demande s'il aime tel mets, la brandade, le coq au vin, la perdrix aux choux, la potée lorraine. Saucier, de son côté, descend solennellement à la cave pour choisir les vins qu'il met à chambrer ou à rafraîchir.

— Comment vas-tu ? Un cigare ?
— Pas avant le dîner.
— Porto ?

— J'attendrai que...

J'allais dire que je préférais attendre l'arrivée des autres invités quand nous avons entendu l'ascenseur s'arrêter sur le palier. Les Pétrel étaient accompagnés de leur fils, leur fille n'était pas avec eux et je n'ai pas entendu l'explication qu'ils ont donnée de son absence. Mme Saucier et ma femme sont venues à leur rencontre. Tout le monde était debout à l'entrée du salon quand Charlotte a fait les présentations.

Il m'a semblé que le jeune homme, en me tendant la main, me regardait avec une certaine insistance, comme s'il cherchait dans sa mémoire où il m'avait déjà vu, et, un peu plus tard, je l'ai surpris qui disait quelques mots à voix basse à sa mère.

Saucier servait le porto. Pétrel s'était rapproché de moi et, pour engager la conversation, me demandait :

— Spécialiste ?

— Tout ce qu'il y a de plus médecine générale.

— Cela doit être éreintant, mais plus passionnant.

Je dis sur un ton léger :

— On voit de tout.

Il n'était pas aussi guindé que je l'avais pensé en l'apercevant aux obsèques. Certes, il avait l'aspect et les manières d'un avoué, et même d'un avoué du XVIIe arrondissement, mais, surtout par la suite, il ne m'a pas paru avoir les idées trop étroites et, sur certaines questions, comme l'éducation des enfants, dont on a parlé à table, ses opinions étaient assez modernes.

Je ne me souviens guère des conversations à bâtons rompus que nous avons eues avant de nous mettre à table. Les pièces, chez les Saucier, sont immenses, hautes de plafond, avec des fenêtres jusqu'au plancher, les meubles sont lourds, cossus, l'ensemble un peu sombre, et un portrait de Saucier, en pied, trône dans la salle à manger juste derrière la place occupée par le maître de maison. Je l'ai déjà taquiné sur ce point. Il m'a répondu — et je sais que c'est la vérité — qu'il a commandé ce portrait pour venir en aide à un peintre qui en avait besoin et qui, du coup, est devenu un familier de la maison où il a choisi lui-même la place pour sa toile.

J'ai senti, à plusieurs reprises, que Germaine Pétrel m'observait. Son fils, sans gêne comme sans ostentation, a pris part à la conversation générale. Je me trompe peut-être, mais il m'a semblé que c'était surtout pour moi qu'il parlait. Ses formules étaient respectueuses :

— Je vous demande pardon si je me permets de...

Cela me fait toujours un curieux effet de rencontrer des jeunes gens de son âge qui sont des fils de mes amis. Si mes fils sont tellement plus jeunes, c'est que nous sommes restés six ans sans enfants, à notre désespoir. Puis les deux garçons sont nés coup sur coup, à un peu plus d'un an d'intervalle, de sorte qu'on les prend parfois pour des jumeaux.

Nous sommes passés, pour le café, dans un salon plus intime où les hommes sont restés debout et où Saucier, j'en suis convaincu, manœuvrait pour me rapprocher de Germaine Pétrel. Sa tâche ne lui a point été facilitée par ma femme, qui avait entrepris avec elle une discussion et ne se décidait pas à la lâcher. Charlotte, sur un coup d'œil de son mari, est venue à la rescousse et a emmené ma femme voir Dieu sait quoi dans une autre pièce.

C'est Mme Pétrel, alors, qui m'a adressé la parole la première.

— Vous étiez un ami de Robert, n'est-ce pas ? m'a-t-elle dit fort naturellement.

— Saucier vous l'a dit ?

— Il me l'a annoncé quand il nous a invités pour ce soir. En outre, Jean-Paul vous a reconnu en entrant.

— Je m'en suis douté.

— Il a été assez indiscret pour m'en parler à l'oreille.

Sa voix était chaude, bien timbrée, et sa robe noire mettait ses belles épaules en valeur.

— Vous étiez à Tilly quand c'est arrivé ?

— Non. Le hasard a voulu que je n'aille pas au *Beau Dimanche* ce jour-là.

— Je suppose qu'il n'y a aucun doute.

— Sur le suicide ? A mon avis, non. Je vous avouerai que j'ai interrogé la plupart de ceux qui étaient là.

— Vous aimiez Robert ?

— Beaucoup.

On m'avait mis un verre de liqueur à la main et je ne savais qu'en faire. C'est elle qui m'en a débarrassé et l'a posé sur un guéridon.

— Vous le connaissiez bien ?

— J'ai bien connu l'homme qu'il a été pendant les treize ou quatorze dernières années.

— Je l'aimais aussi, dit-elle sur un ton pénétré. C'était mon seul frère. Quand j'étais jeune, je n'imaginais pas qu'il pût exister un homme aussi merveilleux que lui.

— Vous deviez n'avoir que quatorze ans quand il a quitté Poitiers. Vous êtes sa cadette de cinq ans, n'est-ce pas ?

Elle sourit.

— Vous êtes bien renseigné. Cependant, ce

que vous dites n'est pas tout à fait exact. J'avais seize ans quand Robert est parti pour Paris, car il a fait ses deux premières années de Droit à Poitiers.

— Cela ne le gênait pas d'étudier dans une université dont son père était le doyen ?

— C'est la raison pour laquelle il a continué ses études à Paris et mon père l'a approuvé.

— Comment s'entendaient-ils tous les deux ?

Elle prit le temps de réfléchir, choisit ses mots.

— Ils avaient l'un pour l'autre un énorme respect.

— Leurs idées étaient différentes ?

— Comme elles le sont fatalement entre gens de deux générations. Ce n'est pas tant cela.

Elle n'avait pas besoin d'improviser. Il était clair qu'elle avait beaucoup pensé à ces questions et je la soupçonnais, sachant par Saucier que je lui parlerais de son frère, d'avoir préparé certaines réponses, non pas pour briller ou pour me donner une idée avantageuse de la famille, mais par souci de la vérité. Elle se préoccupait beaucoup d'exactitude, elle hésitait avant chaque phrase, revenait parfois en arrière pour une correction de détail ou pour ajouter une nuance.

— Mon père était un esprit lucide, précis...

C'est la réputation qu'il avait laissée et sa fille tenait de lui.

— Robert, au contraire, n'a jamais eu une idée simple. Vous comprenez ce que je veux dire ? Je n'ai pas connu notre mère, qui est morte alors que mon frère avait huit ans et moi trois. Il paraît que c'était à elle qu'il ressemblait ; c'est en tout cas ce que j'ai entendu répéter par tante Augustine qui nous a élevés.

— Elle était la sœur de votre père ?

— Oui. Et vieille fille.

— Aussi cartésienne que lui ?

— Elle vit encore, à Poitiers, au premier étage de la maison de la rue des Carmélites, qui est restée dans la famille. C'est une très vieille femme à présent, et la mort de papa, qui a passé ses dernières années seul avec elle, lui a porté un coup dont elle ne s'est pas entièrement relevée. Un trait vous donnera une idée de son caractère. Savez-vous ce qu'elle relit, depuis un an et demi qu'elle ne quitte pas son fauteuil près de la fenêtre ? L'œuvre complète de Voltaire, dans une ancienne édition dont la plupart des volumes ont été annotés en marge par mon père.

» Certains la trouvent froide. Je me souviens d'un de ses mots favoris quand nous étions enfants :

» — *Ce qui importe, c'est d'être juste.*

Je la vis faire un léger signe, et, tournant la tête, compris que c'était à son fils, qui s'était tenu à distance.

— Tu peux venir, Jean-Paul. Le docteur Coindreau et moi parlons de ton oncle.

Elle ajouta à mon intention :

— Mon fils adorait son oncle. Il ne le voyait guère plus d'une fois ou deux par an, mais c'est ensemble qu'ils passaient presque tout le temps que Robert accordait au boulevard Pereire.

Je craignis qu'en présence du jeune homme elle hésite à aborder certains sujets, mais il n'en fut rien.

— Vous ne devineriez pas le rêve de mon frère quand il avait dix-sept ans. Devenir méhariste au Sahara. Dans la chambre, il y avait une grande carte de l'Afrique du Nord, une photographie du Père de Foucauld, qu'il s'était procurée je me demande comment, et un crucifix d'ébène.

— Votre père l'a contrecarré ?

— Non. On voit que vous n'avez pas connu personnellement mon père. Il avait des idées arrêtées. Il était persuadé qu'elles étaient bonnes. Il les exposait avec force, parfois d'une façon tranchante que certains lui ont reprochée. Il n'en était pas moins aussi respectueux de l'opinion des autres qu'il entendait qu'on le fût des siennes. Je ne pense pas qu'il ait jamais tenté d'influencer Robert. Il se contentait de l'observer d'un air inquiet, puis navré.

— Il n'a pas insisté pour qu'il fasse son Droit ?

— Certainement pas. Robert a pris sa décision tout seul. Je le sais car, bien que je ne fusse qu'une petite fille, il avait l'habitude de se confier à moi, plus exactement de me parler comme il se serait parlé à lui-même :

» — *Je ne serai quand même jamais un Père de Foucauld, disait-il, ni un bon prêtre, ni un bon officier. Au fond, je n'ai pas la foi.*

C'est Jean-Paul que je regardais, en essayant d'imaginer Bob à son âge. Piqué par la curiosité, je lui demandai :

— Et vous, quelle est votre ambition ?

— La Marine ! répliqua-t-il, si vite et avec tant de feu que je ne pus m'empêcher de sourire. J'entre dans quinze jours à Navale.

— Vous voyez, commenta sa mère, que mon mari et moi n'avons pas essayé de l'influencer. Pourtant, nous n'avons pas d'autre fils pour reprendre l'étude qui, quand mon mari se retirera, passera dans des mains étrangères.

Je subissais son charme, l'admirais. Il y avait en elle quelque chose de patricien qui m'impres-

145

sionnait et contre quoi, en même temps, le fils de boulanger que je suis se raidissait.

La maison des Dandurand, rue des Carmélites, devait ressembler à l'appartement où nous étions, en plus feutré, en plus solennel, j'imagine. Il y avait sans doute chez le professeur la même aisance qu'on retrouvait chez sa fille, une aisance qui découle d'une complète confiance en soi et ne va pas sans un rien de hauteur.

— Je comprends qu'il ait envisagé de devenir méhariste, dit Jean-Paul. Où il a eu tort, à mon avis, s'il en avait vraiment envie, c'est de ne pas persévérer.

Sa mère se tourna vers moi.

— Jean-Paul est plus pratique que son oncle et, ma foi, je le crois aussi plus égoïste.

— L'égoïsme est une nécessité vitale, maman. Sans égoïsme...

Elle sourit.

— Mettons que ton oncle n'ait pas eu autant de caractère, ni autant de suite dans les idées que toi. Après son bachot, il est entré à l'Ecole de Droit.

— Pour faire plaisir à grand-père ! remarqua le jeune homme.

— Peut-être. Ou pour ne pas avoir à lutter. Il n'aimait pas la discussion et avait encore plus horreur de faire de la peine. Comme je m'étonnais, un jour, alors qu'il était à l'université, qu'il ne reçoive jamais ses camarades à la maison, il m'a répondu, gêné :

» — Tu comprends, la plupart ne sont pas riches. En les amenant ici, j'aurais l'air de...

» Je ne me rappelle pas le mot qu'il a employé. C'est à l'université qu'il est devenu conscient des différences sociales et cela l'a tracassé longtemps, il était choqué chaque fois que ma tante émettait une opinion qui sentait la grande bourgeoise. Il ne discutait pas, mais je le voyais pâlir et il mangeait avec moins d'appétit.

» Un de ses amis d'alors, qui était poète, est devenu rédacteur en chef d'un journal de gauche et je crois bien qu'il est député. Mon mari pourrait vous le confirmer. J'ignore s'il avait déjà les mêmes idées et s'il a exercé une influence sur Robert.

» En tout cas, cela a été pour lui un soulagement de quitter Poitiers pour Paris.

Jean-Paul lança :

— Je comprends ça !

— Pourquoi ?

— Parce que ce n'est pas drôle d'être le fils du grand patron. Je suis sûr que beaucoup d'étudiants l'évitaient.

Sa mère reprit, sans marquer de désapprobation :

— Lorsqu'il est revenu en vacances pour la première fois, j'étais, moi, devenue une jeune fille et il m'a parlé avec plus de liberté.

— Il t'a raconté ses aventures ?

— Il n'allait pas jusque-là. Il n'était pas comme toi. Les femmes ne paraissaient d'ailleurs pas le préoccuper beaucoup, je m'en suis aperçue à sa façon de traiter mes amies.

— A notre âge, on n'apprécie guère les jeunes filles de bonne famille.

La mère et le fils étaient très francs l'un avec l'autre et il devait leur arriver d'échanger quelques bonnes vérités. Malgré la différence de caractère et de tempérament, il existait entre eux une communauté très subtile, très savoureuse aussi. J'avais été frappé, lors de l'enterrement, de la façon dont Jean-Paul entourait sa mère de menus soins. Ici aussi, on aurait pu les prendre pour des amoureux.

— Qu'est-ce qu'il t'a dit, à ses premières vacances ?

— Qu'il avait essayé d'imiter certains de ses amis qui gagnaient leur vie tout en poursuivant leurs études.

— Tu ne m'en as jamais parlé. Il était placier dans un cinéma ?

— Non. Je suppose que cela lui aurait paru trop facile. De même qu'il avait choisi jadis l'armée du désert, il s'était mis en tête d'entrer comme manœuvre chez Citroën. On y travaillait à trois équipes. Il était parvenu à se faire embaucher dans celle de nuit. Il suffisait pour cela de faire la queue devant les grilles avec des Arabes, des Polonais, des gens venus de tous les coins du monde et des plus obscurs dessous de Paris.

— Combien de temps a-t-il tenu le coup ?

— Trois semaines.

— Je trouve ça beaucoup.

— Moi aussi. J'étais émerveillée. Cependant, tout de suite après, je me suis moquée de lui parce qu'il avait commencé à se faire tatouer le bras gauche. Heureusement qu'il n'a eu qu'une séance ! On avait eu à peine le temps de dessiner le contour d'une roue et ses initiales.

— Dans la marine anglaise, dit Jean-Paul, tous les officiers sont tatoués.

— C'est différent.

— Pourquoi faisait-il ça ?

C'est moi qui répliquai, avec l'air d'en demander la permission à sa mère :

— Pour être comme ses compagnons, comme les autres.

Jean-Paul en resta rêveur.

— Je crois que je comprends.

148

Il avait si bien compris qu'il ajouta :

— Au fond, à l'armée, il aurait préféré être simple soldat qu'officier.

On nous a interrompus. Les femmes se sont trouvées assises dans un coin, les hommes debout dans un autre.

— Moi aussi, j'ai des questions à vous poser, m'avait dit Germaine Pétrel au moment de s'éloigner.

Tandis que ma femme l'entreprenait à nouveau, c'est Pétrel qui m'a pris en main, comme si tout avait été organisé d'avance.

— Vous parliez de Robert ?

Je n'avais aucune raison de le lui cacher.

— C'était un curieux garçon, attachant à l'extrême, et mon fils avait une vive admiration pour lui.

Saucier était avec nous, remplissait les verres, tandis que Jean-Paul, par discrétion, ou parce qu'il ne se sentait pas encore tout à fait un homme, restait avec les femmes.

— Si on me demandait une opinion sur lui je dirais qu'il était une sorte de poète. Je crois, d'ailleurs, qu'à un moment donné il a écrit des vers.

— Vous pas ? s'étonna Saucier.

— Pas que je m'en souvienne.

Pétrel avait une articulation recherchée, comme s'il démontrait un point de droit devant une cour civile.

— Je ne jurerais pas qu'il n'ait été pour quelque chose dans la décision de Jean-Paul d'entrer dans la marine. D'autre part, je ne peux pas lui reprocher de ne pas s'être montré discret. C'est à peine si nous le voyions deux fois l'an. De lui-même, il semblait se considérer comme le fruit véreux de la famille et il annonçait ses visites à sa sœur par téléphone comme pour éviter de nous faire honte au cas où nous aurions eu de la compagnie.

Les phrases me paraissaient longues et j'avais de la peine à suivre une conversation qui ne m'intéressait plus. Saucier qui, surtout par sa femme, est en quelque sorte à mi-chemin entre moi et Pétrel, proposa, conciliant :

— C'était un bohème, quoi ! A mon avis, il est salutaire qu'il en reste quelques-uns à notre époque d'utilitarisme impitoyable, ne fût-ce que pour donner une illusion de légèreté et pour faire rire de temps en temps les personnes sérieuses. Les Anglais, qui sont les gens les plus conformistes de la terre, entourent leurs excentriques et leurs originaux de la même affection protectrice qu'ils vouent aux vieilles pierres et, à Hyde Park, nul ne songe à se moquer d'un énergumène vêtu en épouvantail qui, hissé sur une caisse à savon, prêche la nouvelle religion qu'il vient de découvrir.

— C'est un point de vue. Il est possible, après tout, que mon beau-frère ait eu l'intention d'amuser les autres.

— Je ne prétends pas que...

Mais Pétrel était parti sérieusement sur cette idée-là et je commençai à tendre l'oreille.

— Si ! Si ! Il y a quelque chose d'assez troublant dans ce que vous venez de dire. J'ai essayé plusieurs fois de lui parler d'homme à homme et il m'a toujours glissé entre les doigts, ou répondu par une pirouette. Il ne devait pas beaucoup m'aimer. A ses yeux, je devais être un juriste pontifiant et glacé. Il n'en essayait pas moins de me faire rire, comme Saucier l'a dit. C'est une attitude.

C'était curieux de le voir hypnotisé par cette idée-là.

— J'ai eu un camarade, jadis, qui croyait de son devoir, lui aussi, d'amuser la société. Comme il savait qu'il n'était drôle qu'après avoir bu un verre ou deux, il entrait régulièrement dans un café ou dans un bar avant de se présenter chez ceux qui l'avaient invité, et il connaissait la dose exacte d'alcool qu'il lui fallait.

Je demandai :

— Qu'est-il devenu ?

— Il est mort de tuberculose. Sa femme a dû entrer comme vendeuse dans un grand magasin. J'ai l'impression que Robert ne jouissait pas d'une santé très solide, lui non plus. Cela arrive souvent aux hommes très grands, n'est-ce pas ?

Je commençais à être inquiet, car je croyais comprendre que ma femme parlait de Lulu et je ne savais trop ce qu'elle pouvait en dire.

— En définitive, il a eu la vie qu'il a choisie et il ne s'est pas fait de mauvais sang. Un jour que ma femme lui demandait s'il était heureux, il lui a répondu qu'il n'échangerait sa vie contre aucune autre.

» Je n'ai fait qu'apercevoir sa femme le jour des obsèques, car je ne suis pas allé jusqu'au cimetière, je devais être au Palais à midi ce jour-là. Il n'a jamais cru devoir nous la présenter. Du moment qu'ils étaient mariés, pourtant, nous n'avions aucune raison de ne pas la recevoir.

» Je pense qu'il l'aimait. Il considérait en tout cas qu'il avait pris une responsabilité vis-à-vis d'elle.

— Que voulez-vous dire ? demandai-je, agacé par son ton doctoral.

— Je parle toujours d'après lui. Je n'étais pas présent quand il a prononcé la phrase que je vais vous citer, mais ma femme me l'a répétée. C'était aux environs de Noël. Il venait toujours voir sa sœur vers l'époque de son anniversaire et lui apportait un menu cadeau, une babiole sans valeur qui faisait plaisir à Germaine. Il leur arrivait à tous les deux d'évoquer la rue des Carmélites. Je crois que, ce jour-là, ils avaient parlé de la visite que Robert avait faite à son père, vers Noël aussi, l'année où il avait abandonné brusquement ses études.

» Elle a dû lui demander :

» — Tu ne regrettes pas ?

» Il paraît qu'il a répondu, après un instant de réflexion :

» — *En tout cas, j'ai rendu une personne heureuse et je continue.*

» Puis, il a ri, comme toujours dans ces cas-là, se moquant de lui-même. Il a ajouté :

» — *En somme, si chacun se chargeait du bonheur d'une seule personne, le monde entier serait heureux.*

J'aurais préféré que cette phrase-là m'eût été répétée par la voix chaude de Germaine Pétrel que par celle de son mari, mais, telle quelle, elle ne m'en a pas moins remué.

Pour la première fois, j'avais l'impression de franchir une étape dans la connaissance de Dandurand et le résultat immédiat en était une bouffée de tendresse à l'égard de Lulu. Je m'en voulus d'être resté si longtemps sans aller la voir et d'avoir assez mal jugé son dernier coup de téléphone.

La phrase avait frappé Saucier aussi, qui dit à mi-voix :

— C'est ce que je fais avec mes enfants. Tout au moins, j'essaie...

152

A travers le salon, je regardai ma femme et me demandai si, moi, j'avais vraiment essayé.

— Si nous allions rejoindre les dames, qui ont l'air de parler de choses intéressantes ?

Ma femme prononçait, comme je m'en approchais :

— ... Vous comprenez ce que je veux dire ? Il se comportait avec elle en parfait gentleman. Du moment qu'il en avait fait sa femme, il devait considérer comme son devoir, tel que je le connaissais...

Je l'interrompis en interrogeant Germaine.

— Vous avez eu l'occasion de parler à Lulu en revenant du cimetière ?

— Elle n'est pas revenue avec nous. Elle a dû rester à Thiais avec son amie. Elle m'a paru plutôt farouche mais peut-être, après tout, n'était-elle qu'intimidée ?

Ma femme ouvrit la bouche. Je lui coupai la parole une fois encore.

— Elle est minée par l'idée qu'elle est responsable de sa mort. Non seulement il était tout pour elle, mais elle n'existait plus que par lui. C'est à peine si elle se souvient d'avoir vécu avant de le connaître. Il l'a pour ainsi dire portée comme un bébé. Tout ce qu'elle sait, il le lui a appris. Ses gestes, elle les a copiés sur ceux de Robert. Il était derrière chacune de ses paroles, chacune de ses pensées. Soudain, il disparaît et elle reste sans support...

Ma femme dit :

— Heureusement qu'elle a Mlle Berthe !

Je l'aurais giflée. Elle l'a senti à mon regard et est devenue pâle. Ses narines se sont pincées comme quand elle sait qu'elle a commis une mauvaise action mais refuse de se l'avouer.

— Elle n'a personne que le souvenir de Bob,

ripostai-je. C'est ainsi qu'elle l'appelait, que tout le monde l'appelait depuis vingt-trois ans.

— Il nous l'a dit, murmura sa sœur. C'est curieux, quand j'avais cinq ou six ans, je l'ai appelé Bob, un soir, à table, à cause du frère d'une de mes petites amies qu'on surnommait ainsi. Mon père a froncé les sourcils.

» — Robert ! a-t-il corrigé.

» — Pourquoi pas Bob ? C'est plus gentil.

» — Peut-être pour un enfant. Mais, s'il est un jour un avocat important, un magistrat ou un professeur, cela deviendrait ridicule.

» Père nous a cité le cas d'une de ses tantes que je n'ai pas connue, car elle a fini ses jours en Indochine, et qu'une nourrice, quand elle était bébé, avait appelée Chouchou. Le nom lui était resté et mon père prétendait qu'à quatre-vingts ans tout le monde l'appelait encore Chouchou.

Jean-Paul remarqua :

— Bob lui allait bien.

Et ma femme :

— Moi, je suis de l'avis de votre père. Je n'ai jamais permis que mes enfants aient un diminutif.

— Il serait peut-être temps de lever la séance ? proposai-je.

Germaine Pétrel a souri, comprenant que ma femme et moi ne partageons pas toujours les mêmes idées, en particulier en ce qui concerne Bob et Lulu. Je lui suis reconnaissant de la façon dont elle a parlé de son frère et je comprends que celui-ci ait eu plaisir à aller la voir de temps en temps. Il me restait une question à poser et je profitai du moment où tout le monde se dirigeait vers le vestiaire.

— Votre père lui en a beaucoup voulu ?

— Il ne l'a pas maudit, comme dans les romans populaires, ne lui a pas fermé sa porte non plus. Je vous ai dit qu'il respectait toutes les opinions. Je suis sûre que cela a été pour lui une terrible déception. Il n'en a rien dit, s'est contenté de prononcer :

» — Tu vas ton chemin et je continue le mien. A chacun de choisir sa voie.

— Bob n'est pas retourné le voir ?

— Non. Il a écrit plusieurs fois. Père ne lui a pas répondu et mon frère en a conclu qu'il préférait rompre toutes relations entre eux. Leur attitude à tous les deux reste pour moi un mystère et ni l'un ni l'autre ne m'a fait de confidences sur ce point. Je suppose que mon père était trop fier et trop entier pour approuver ou pour en avoir l'air. Quant à Robert, je pense qu'il était retenu par une sorte de pudeur. Il ne voulait pas plus s'imposer qu'il ne voulait imposer sa femme.

— Il n'a pas revu votre père sur son lit de mort ?

— Père a succombé à une embolie alors qu'il lisait dans la bibliothèque, en face de sa sœur.

— Bob n'est pas allé à l'enterrement ?

— Si. Sans sa femme, qu'il a amenée à Poitiers mais qu'il a laissée à l'hôtel.

Lulu avait omis de me parler de ce voyage-là. J'avais cru comprendre qu'elle ne s'était rendue qu'une seule fois à Poitiers.

— Un jour que vous serez dans le quartier et que vous aurez un moment de libre, faites-moi le plaisir d'entrer sans façon et de venir bavarder avec moi. Il est rare, l'après-midi, que je ne sois pas à la maison.

Jean-Paul, qui a entendu, a paru approuver.

155

— Je ne serai malheureusement pas là. Je serai à Navale.

En nous séparant, il m'a serré la main avec vigueur, comme pour me remercier de ma fidélité à son oncle.

— C'était un chic type ! me souffla-t-il. Il ne faut pas trop le répéter à papa.

Sa mère se montra plus discrète, mais cordiale.

— N'oubliez pas mon invitation, a-t-elle lancé en montant en voiture.

Ma femme a entendu.

— Quelle invitation ?

— A aller la voir.

— Pour dîner ?

Je tenais une petite vengeance.

— Non. Elle m'a demandé, quand je serai dans le quartier, de m'arrêter un instant pour bavarder avec elle.

— Seul ?

— C'est ce que j'ai compris.

— Tu ne trouves pas que c'est me faire un affront ?

— Non.

— Elle ne nous connaissait pas à sept heures du soir. On nous présente tous les deux. Et c'est toi seul qu'elle invite !

J'étais satisfait. Il était onze heures et demie. Le temps était doux. L'auto roulait sans presque de bruit.

J'eus la cruauté de proposer :

— On va dire bonsoir à Lulu ?

— A cette heure-ci ?

— Tu as peut-être raison. Quoiqu'elle se couche rarement de bonne heure.

Je suis sûr qu'elle s'est demandé si c'était aussi tard que j'allais rendre visite rue Lamarck lorsqu'elle était à Fourras. Qu'aurait-elle dit si je lui avais parlé de mes autres visites, celles de la rue de Clignancourt ?

J'étais tenté de lui lancer la vérité à la tête une fois pour toutes, de la mettre devant la réalité crue, devant son image véritable et devant la mienne. Peut-être avons-nous tort de ne pas le faire. Mais alors, en toute justice, il faudrait s'y prendre dès le début, ne pas permettre à nos femmes de se créer des idées fausses.

Quand Bob a adopté Lulu, il en a accepté la responsabilité entière. Il ne lui a jamais fait de grandes phrases. Il ne lui a même pas parlé d'amour. En somme, il l'a prise par la main comme une enfant, comme une petite fille qu'elle était, et, surprise, au début, qu'un grand garçon comme lui se penche sur elle, elle a eu confiance en lui et dans la vie.

Je les enviais, tous les deux, maintenant. Je commençais à comprendre l'atmosphère de légèreté qui régnait chez eux. Ils n'accordaient d'importance à rien de ce qui n'est pas essentiel et c'est pourquoi des gens comme moi allaient se retremper dans l'atelier de la rue Lamarck.

La courbe n'est pas tellement surprenante, du rêve du méhariste aux usines Citroën et aux bistrots de Montmartre. C'est un peu comme si Bob avait d'abord visé trop haut, puis trop bas, pour s'installer enfin dans une joyeuse médiocrité.

C'était un raté, comme je l'ai entendu répéter plusieurs fois depuis sa mort, soit, mais un raté lucide, conscient, qui avait choisi de l'être, et il prenait soudain à mes yeux une certaine grandeur.

Après avoir voulu être un saint dans le désert, puis un humble parmi les plus humbles, il avait fini, simplement, selon le mot qu'il avait dit à sa sœur, par s'attacher à rendre une seule personne heureuse.

— *Si chacun de nous...*

Il avait la pudeur de son passé, de sa culture, comme il avait été embarrassé par l'argent hérité de sa mère et comme il avait eu un peu honte, avant ça, d'être le fils du patron.

— *Crevant* ! laissait-il tomber avec son sourire qui vieillissait à peine et ne contenait ni méchanceté ni amertume.

N'y avais-je pas surpris, pourtant, une pointe de nostalgie ?

Ma femme questionna :

— Où vas-tu ?

J'avais dépassé la maison et roulais vers Montmartre.

— Tu ne penses pas sérieusement à frapper chez...

— Non. J'ai envie d'un verre de bière.

D'un verre de bière à une terrasse de Montmartre, au *Cyrano*, au coin de cette rue Lepic que Bob avait considérée un certain temps comme la plus humaine du monde et où je voyais le petit hôtel qu'il avait habité avec Lulu.

— Deux demis, garçon.

— Je ne veux pas de bière.

— Qu'est-ce que tu prends ?

— Rien. Nous avons assez bu ce soir.

— Alors, un seul demi, garçon.

Nous sommes restés là, en silence, à regarder la foule défiler sur le trottoir et passer alternativement de l'ombre à la lumière et de la lumière à l'ombre.

A la fin, presque pris de remords, j'ai murmuré timidement :

— Pourquoi juges-tu avec tant de sévérité les gens qui ne sont pas comme toi ?

— Tu parles de Lulu ?

— De Lulu et de Bob.

— Je n'ai dit de mal ni de l'un ni de l'autre. Cite-moi une seule de mes phrases qui...

— Ce n'est pas la peine.

— Tu vois ! Je te défie de me répéter un mot méchant. Bob était un charmant garçon, que j'avais plaisir à rencontrer de temps en temps. Je plains Lulu autant que n'importe qui. Quant à vouloir maintenant les donner l'un et l'autre comme modèles...

C'était inutile d'essayer de lui faire comprendre ce que, toute sa vie, elle serait incapable de comprendre. Inutile et cruel. A quoi bon la troubler ? Elle avait beau, à ce moment-là, se persuader que c'était elle qui avait raison, elle n'était pas sans ressentir un certain malaise.

J'ai posé ma main sur la sienne.

— Tu es une brave femme, va !

— C'est dommage que je ne vaille pas Lulu.

— Encore ?

— Puisque c'est ce que tu penses ! Pourquoi n'oses-tu pas le dire ?

Oui, pourquoi ? J'ai laissé ma main un instant, puis l'ai retirée afin de boire ma bière. Une marchande de fleurs s'est arrêtée devant nous et je lui ai acheté un bouquet de violettes, sans raison, parce que la petite, nu-pieds, me regardait avec de grands yeux graves.

— C'est pour moi ? s'est étonnée ma femme.

— Oui.

— Ah !

Et, après un silence :

— Merci.

Nous sommes rentrés, j'ai laissé, comme

d'habitude, ma voiture au bord du trottoir, car les agents du quartier la connaissent. Je suis allé, sur la pointe des pieds, embrasser les enfants, qui ne se sont pas réveillés. Seul le plus jeune a passé la main sur son front comme pour chasser une mouche et a émis un grognement.

Nous dormons dans le même lit, ma femme et moi, comme Bob et Lulu. Ma femme se déshabille devant moi. Elle porte une ceinture élastique qui lui laisse la peau gaufrée. C'est toujours moi qui remonte le réveil, pourtant placé de son côté, car elle se lève la première et, j'ignore pourquoi, a toujours refusé que la bonne l'éveille.

— Bonsoir, Madeleine, ai-je dit en l'embrassant.

— Bonsoir, Charles.

Si je remonte le réveil, c'est elle qui étend le bras pour éteindre la lumière. Ce sont là de ces petites habitudes qu'on prend sans s'en rendre compte dans un ménage et qui deviennent peu à peu des rites auxquels on obéit machinalement.

Je me demande comment Bob et Lulu se souhaitaient le bonsoir.

Je me demande comment il lui a dit bonsoir, la nuit de Tilly, alors qu'il avait préparé avec minutie ce qui se passerait le lendemain au barrage des Vives-Eaux.

A cause de cette pensée, bêtement, gauchement, comme au *Cyrano*, j'avais mis ma main sur celle de ma femme, je l'ai embrassée une seconde fois, au jugé, dans l'obscurité.

Elle n'a pas réagi tout de suite. Peut-être une minute plus tard, elle a questionné dans un souffle :

— Tu me détestes ?

— Non.

— Tu es encore fâché ?

Pourquoi, diable, imbécile que je suis ! ai-je eu envie de pleurer ?

8

Une mauvaise grippe, dont nous ne savons presque rien et contre laquelle nous luttons au petit bonheur, s'est répandue dans Paris et m'a tenu fort occupé. L'aîné de mes fils l'a eue et a fait quarante de température.

Chaque soir, ou à peu près, je me répétais :

— Demain, il faudra que je trouve le temps d'aller voir Lulu.

Puis, le lendemain, j'arrivais à peine à voir tous mes malades.

C'est elle qui a fini par me téléphoner, alors que nous nous mettions à table pour dîner ; je suis allé décrocher l'appareil sur le buffet.

— Charles ?

Je ne sais pas à quoi ma femme a deviné que c'était elle, peut-être à l'expression de mon visage. Lulu continuait, hésitante, comme si elle n'était pas sûre d'elle :

— Je ne vous dérange pas ?

— Mais non. Comment allez-vous ? J'espère que vous n'avez pas la grippe, vous aussi.

— Vous avez la grippe ?

— Pas moi, mais la plupart de mes malades et un de mes fils.

— Je ne pense pas que je l'aie, a-t-elle murmuré.

Il y avait quelque chose de vague, de flottant dans sa voix. Je croyais sentir une humilité gênante qui faisait penser à une quémandeuse.

— Vous êtes à table ?

Je mentis :

— Nous venons de finir.

Ma femme m'adressa une grimace.

— Je suppose que vous êtes très occupé ?

— Je l'ai été les deux dernières semaines mais cela s'éclaircit, je commence maintenant à compter plus de guérisons que de nouveaux cas.

— J'ai un service à vous demander, Charles.

A son ton, je ne fus pas loin de conclure qu'il s'agissait d'argent.

— Vous savez que vous pouvez compter sur moi.

Je tirai ma montre de ma poche.

— Voulez-vous que je sois chez vous vers huit heures et demie ?

— Je suis toujours ici, merci, Charles. Je ne voudrais pas que vous vous croyiez obligé...

J'étais soucieux en reprenant ma place à table et je pensai à voix haute :

— Je me demande si elle est malade ou s'il s'est produit un événement qui la tracasse.

— Elle pleure ?

— Non. Sa voix n'est plus la même. On aurait dit une femme qui demande la charité.

— Tu vas la voir à huit heures et demie ?

— Oui. J'en profiterai pour faire deux visites.

— Je croyais que tu avais fini ta journée ?

— Je prends de l'avance pour demain matin.

Comme ça, elle ne pouvait proposer de m'accompagner. Je suis allé dire bonsoir à mon aîné, qui est presque rétabli et qui en profite pour lire toute la journée dans son lit jonché de journaux illustrés.

— Tu rentreras tard ?

— Je ne crois pas.

J'ai pris la voiture et me suis dirigé vers la rue Lamarck. J'ai été surpris de trouver, non seulement la porte fermée, mais les volets baissés et le panneau de bois déjà assujetti à la porte, de sorte que j'ai dû frapper. Des pas se sont approchés. La voix de Lulu a demandé :

— Charles ?

— Oui.

Elle a retiré la barre, puis le verrou. Elle était décoiffée, enveloppée dans sa robe de chambre rouge, les pieds nus dans des sandales de feutre.

— C'est gentil d'être venu.

Je traversai, derrière elle, la boutique non éclairée, entrai dans l'atelier d'où je pouvais, par la porte ouverte, voir la chambre et, sur le lit non défait, le creux d'un corps. Machinalement, je cherchais quelqu'un autour de moi et j'ai peut-être même reniflé.

Elle m'a regardé, a dit en s'asseyant :

— Elle est partie.

— Vous vous êtes fâchées ?

— Même pas. Ce n'est pas pour ça que je vous ai demandé de venir. Je lui ai simplement dit de s'en aller.

— Je croyais que vous aviez peur de rester seule ?

— J'ai encore peur. Vous avez vu que je ferme les volets et la porte. Je sais que c'est ridicule. Il m'arrive d'être prise de panique et de claquer des dents, mais j'aime encore mieux ça que ce qui se passait.

J'osais à peine la regarder, par crainte de laisser voir ma surprise apitoyée. En deux ou trois

165

semaines, elle avait tellement maigri que j'en
étais effrayé. Il y avait en outre, dans ses yeux
entourés de cernes profonds, une fixité que je
n'aimais pas.

— Vous n'êtes pas malade ?

— Non. Pour en finir avec Berthe, j'y ai peut-
être mis le temps, mais je me suis quand même
rendu compte que je commettais une sorte de
trahison envers Bob. Ce n'est peut-être pas facile
à comprendre et je ne suis pas forte pour
m'expliquer. Avant, j'étais comme j'étais. Peu
importe ce que les autres pensaient, il m'avait
voulue comme ça. C'était le moins que je reste
la même, non ?

Je hochai la tête.

— Avec elle, la maison n'était plus notre maison. Jusqu'à notre chambre, notre lit, qui
avaient une autre odeur. Parce qu'elle est une
vieille fille, elle ne peut pas comprendre certaines choses qu'une femme mariée comprend
d'instinct. C'est compliqué, Charles. Je finissais
par subir son influence et, parfois, j'étais tentée
de penser comme elle. J'en serais arrivée, si cela
avait continué, à salir nos plus beaux souvenirs.

— Elle a protesté ?

— Elle m'a annoncé que je regretterais ma
décision, qu'il serait inutile d'aller la chercher en
lui demandant pardon. Je lui ai offert une petite
somme, comme indemnité. Elle l'a refusée et, le
lendemain, m'a envoyé sa concierge avec un
mot me priant de remettre l'argent sous enve-
loppe.

Pris d'un soupçon, je questionnai :

— Tu manges bien ?

— Autant que mon appétit en veut.

— De vrais repas ?

Je suis allé ouvrir la glacière, qui ne contenait

que du fromage et deux tranches de jambon sur
un papier gras, une demi-bouteille de lait.

— C'est comme ça que tu te soignes ?

Je me surprenais à la tutoyer.

— Assieds-toi, Charles.

Il n'y avait pas autant de chapeaux, de morceaux de tissus et de rubans à traîner sur les
tables que d'habitude.

— Je suppose que tu gardes les autres
ouvrières ?

Elle prit un air coupable.

— Tu ne les as pas gardées ?

— Seulement Louise.

— Pourquoi ?

— D'abord, j'ai dû mettre Adeline à la porte,
parce qu'elle en prenait trop à son aise.
Remarque que, depuis que Bob n'est plus là,
elles en font toutes autant.

Elle se souvint de mes relations avec Adeline.

— Je n'aurais pas dû ? Tu es fâché ?

— Mais non !

— Elle a rencontré je ne sais où un type qui
est barman de nuit du côté des Ternes. Au début,
il venait l'attendre sur le trottoir. Puis il a pris
l'habitude d'entrer et de s'asseoir sur un coin de
table sans retirer son chapeau. Le matin, elle
arrivait, vannée, à dix heures. Je lui ai dit qu'on
ne peut pas faire deux métiers à la fois, car elle
ne m'a pas caché que son ami la présentait
presque chaque soir à des clients. Tu la
regrettes ?

— Certainement pas !

— L'apprentie a trouvé une meilleure place,
plus près de chez elle, et je ne l'ai pas rempla-
cée. Vois-tu, Charles, je n'ai plus le cœur, pour
le moment, à faire des chapeaux. Il n'y a que
Louise qui vienne encore.

— Elle fait ton marché ?

— Je l'envoie chez le boulanger et à la char-
cuterie.

— Tu ne sors plus ?

— Je n'en ai pas eu l'occasion. Qu'est-ce que
j'irais faire dehors ? Ce n'est pas pour ça que je
t'ai demandé de venir. Peut-être ai-je eu tort de
te déranger. Ta femme n'a pas protesté ? J'aurais
pu faire la démarche moi-même et on m'aurait
peut-être avoué la vérité. Tu connais le docteur
Gigoigne ?

C'est un des noms les plus connus et les plus
respectés de notre profession non seulement en
France, mais à l'étranger, et il est sans doute
l'homme d'Europe qui en sait le plus long sur le
cancer.

— Il habite boulevard Saint-Germain, conti-
nuait-elle. Il paraît que ce n'est pas un docteur
ordinaire, mais un grand professeur qui ne
reçoit que quelques malades par jour, seulement
sur rendez-vous.

— C'est exact. Il consacre le plus clair de son
temps à l'hôpital et à la clinique de Neuilly où
il opère.

— J'ai une cliente, la petite Mme Lange, qui
a habité longtemps rue Caulaincourt avec son
mari. Il est architecte. Ils ont déménagé voilà
deux ans pour aller s'installer boulevard Saint-
Germain, mais elle continue à venir me commander ses chapeaux. Je ne l'avais pas vue
depuis le printemps dernier. Cet après-midi, elle
est entrée dans le magasin et, au cours de la
conversation, m'a demandé :

» — Votre mari va mieux ?

» Je ne comprenais pas. J'ai dit :

» — Vous ne savez pas qu'il est mort ?

» Elle a soupiré :

» — Je ne me doutais pas que cela irait si vite.

» — Qu'est-ce que vous voulez dire ?

» C'était son tour de ne pas comprendre, d'être gênée. Elle avait l'impression d'avoir commis une gaffe, mais elle ignorait laquelle et ne savait plus comment s'en tirer.

» — Pourquoi m'avez-vous demandé s'il allait mieux ?

» — Je croyais...

» — Vous croyiez qu'il était malade ?

» — Je le pensais. Oui. Quand je l'ai croisé dans l'escalier et que je l'ai vu sonner chez le docteur Gigoigne...

» — Vous l'avez vu entrer chez un docteur ?

» — Au début de l'été. Cela devait être au mois de juin, car nous sommes partis pour le Midi le 1er juillet.

» — Vous êtes sûre que c'était lui ?

» — Tellement sûre qu'en le croisant je lui ai demandé de vos nouvelles et il m'a répondu que vous alliez très bien. Nous habitons l'étage juste au-dessus du docteur. Il était environ trois heures de l'après-midi.

» Vous devinez ce que je veux vous demander, Charles ? Si c'est un homme tellement occupé, il ne me recevra pas, ou bien il me verra entre deux portes et m'écoutera à peine. Même s'il m'écoute, ce n'est pas sûr qu'il me dise tout ce qu'il sait. J'ai immédiatement pensé à vous...

Je consultai ma montre. Il était neuf heures, trop tard pour téléphoner à Gigoigne. Ce n'est pas un homme qu'on dérange pour un oui ou pour un non, surtout un de ses confrères. Il doit avoir environ soixante-cinq ans mais en paraît davantage, ou plutôt n'a plus d'âge. Il a vu son père et sa mère mourir du cancer. Sa fille unique, à seize ans, a succombé à une forme rarissime de la maladie et lui-même a été opéré deux fois.

On dirait, à le voir marcher à pas comptés, se mouvoir avec précaution, parler d'une voix feutrée, qu'il ménage ses forces, et dans un sens c'est vrai, il s'est imposé un rythme de vie qui lui permet d'abattre une besogne que peu de jeunes seraient capables de fournir. Outre son cours, il opère jusqu'à cinq ou six fois par jour, tantôt à l'hôpital, tantôt à Neuilly, et trouve le temps d'examiner des patients à la clinique et chez lui.

Je ne lui envie pas une responsabilité presque unique, qu'il a à affronter chaque jour, celle du choix. Parce que les journées n'ont, pour lui comme pour les autres, que vingt-quatre heures, il ne peut accepter qu'un nombre restreint de patients, soit payants, soit gratuits, et son choix décide souvent de la vie ou de la mort d'un homme.

J'étais intimidé à l'idée de lui demander un rendez-vous, mais je n'en ai pas moins promis à Lulu de le faire le lendemain à la première heure. Il faut le joindre avant huit heures car, une fois qu'il est parti pour l'hôpital, il est impossible de l'obtenir personnellement au bout du fil.

— Vous me répéterez ce qu'il vous dira ?

— Je le promets.

Je ne sais pas pourquoi je n'étais pas trop satisfait. L'idée que Dandurand s'était suicidé parce qu'il était atteint d'un mal incurable m'était venue à l'esprit, dès le début, et je l'avais rejetée.

— J'ai envie de vous faire une piqûre pour vous remonter, dis-je à Lulu.

Sans attendre sa permission, je préparai ma

seringue. Sa cuisse était molle. Je parierais qu'elle avait perdu dix kilos.

— Essayez malgré tout de manger.

— Quand je saurai, cela ira mieux.

Elle avait hâte d'apprendre qu'elle n'était pour rien dans la décision de Bob. Depuis des semaines, des mois, elle se torturait en se demandant pourquoi il était parti sans rien lui dire.

Je finis mes deux visites. Ma femme me demanda au retour :

— Qu'est-ce que c'était ?

— Elle a appris que Bob était allé voir Gigoigne, le spécialiste du cancer.

— Pauvre Bob !

Je n'ai pas discuté. Le lendemain matin, avec un certain trac, j'ai décroché le téléphone et formé le numéro de Gigoigne. Il a répondu en personne. Quand je lui ai dit mon nom, qu'il connaît, il a demandé :

— Vous avez un cas ?

Je lui expliquai que je sollicitais seulement dix minutes d'entretien, n'importe quand, pour lui poser quelques questions au sujet d'un de ses malades.

— Quel est son nom ?

— Dandurand.

— Ne s'est-il pas suicidé ?

Il avait déjà compris ce que je désirais de lui.

— Venez à Neuilly à trois heures précises. J'aurai dix minutes à vous donner entre deux interventions.

J'étais en avance à la clinique, où il ne m'arrive pas souvent d'envoyer des malades, car c'est une des plus chères de Paris. On me fit attendre dans un petit salon du premier étage où une femme d'une soixantaine d'années assise sur une chaise droite, les yeux fixés sur la porte, récitait son chapelet. On n'entendait aucun bruit. La chaleur qui régnait paraissait artificielle et on se sentait en dehors du monde.

A trois heures et une minute, Gigoigne est apparu dans l'encadrement de la porte, en blouse d'opération, le calot sur la tête. Il a regardé la femme sans qu'un muscle de son visage tressaillît, sans prononcer un mot, laissant probablement à l'infirmière le soin de lui annoncer le résultat de l'opération.

Il m'a fait signe de le suivre, au fond du couloir, dans un bureau mis à la disposition des médecins. Il ne m'a pas serré la main. Je ne l'ai jamais vu serrer la main de personne. Sa peau est aussi blanche et aussi lisse que de la faïence, et comme il remue à peine, n'articule que les mots indispensables, il est compréhensible que ceux qui ne le connaissent pas se sentent glacés devant lui.

— Il se fait, dis-je, sans préambule, que je suis un ami de Bob Dandurand et de sa femme. Ni elle, ni moi n'avons jamais su qu'il était malade, sinon qu'il souffrait régulièrement de l'estomac et se gavait de bicarbonate.

» Il s'est suicidé sans annoncer son intention à qui que ce fût, sans laisser de lettre ni de message, et, depuis, sa veuve se torture en se demandant si ce n'est pas à cause d'elle qu'il a voulu mourir. Par une locataire de votre immeuble, nous avons appris qu'il est allé vous voir au début de juin. Je suppose qu'il ne s'est pas présenté lui-même ?

— Bourgeois m'a demandé par téléphone de le voir.

— L'examen a été positif ?

Il fit oui de la tête, ajouta :

— Tumeur cancéreuse au duodénum.

Je ne lui ai pas demandé s'il avait annoncé la vérité à son patient, car Gigoigne passe pour la dire crûment à tous ses malades.

— Opérable ?

— Oui.

— Vous avez accepté de faire l'intervention ?

Un nouveau signe, toujours affirmatif.

— Il a refusé ?

— Il m'a demandé si cela le guérirait. Je lui ai répondu qu'il était possible que oui et qu'il était possible également que le mal renaisse dans un an ou dans dix.

— Qu'a-t-il décidé ?

— Rien. Il a dit qu'il réfléchirait. Au moment de sortir, il a questionné :

» — Je suppose qu'il me faudra beaucoup de soins et que je serai longtemps sans pouvoir mener une existence normale ?

» J'ai répondu par un geste vague.

» Je ne l'ai pas revu.

Je n'avais pris que huit minutes de son temps et le quittai après l'avoir remercié. Si Bourgeois l'avait envoyé, Bourgeois avait été son médecin traitant et devait en savoir davantage. Avec lui, j'étais de plain-pied. Nous avons été internes ensemble et il fait, comme moi, la médecine générale, à la différence qu'il est assez luxueusement installé dans le quartier Malesherbes. D'un petit restaurant, au coin de la rue, je lui passai un coup de fil.

— A quelle heure pourrais-je te voir sans trop te déranger ?

— Je sors dans quelques minutes. Seras-tu du côté de la Madeleine vers six heures ?

— Je peux m'y trouver.

— Alors, mettons entre six heures et six heures et demie à la terrasse du *Weber*.

Quand je lui ai serré la main et que je lui ai appris que je désirais lui parler de Dandurand, il m'a demandé avec une certaine inquiétude :

— Tu as vu Gigoigne ?

— Cette après-midi.

— Il n'est pas furieux contre moi ? Pour une fois que j'insiste pour qu'il prenne un de mes clients en main et qu'il a accepté, l'imbécile décide de se suicider !

— Tu n'étais pas ami avec Bob Dandurand ?

— Non. Toi ?

— Oui.

— Il a dû piquer mon nom dans l'annuaire, ou voir ma plaque sur la porte en passant.

— Il est venu souvent te consulter ?

— Trois ou quatre fois. Il se plaignait de troubles d'estomac et, après avoir essayé sans succès les médicaments habituels, je l'ai envoyé chez le radiologue.

— C'est toi qui lui as annoncé qu'il avait un cancer ?

— Je n'ai pas été aussi affirmatif. Son cas n'était pas net. Je lui ai confié que j'avais des craintes sérieuses, que j'aimerais l'avis d'un spécialiste, et je lui ai demandé s'il avait les moyens d'affronter les prix d'un grand patron. Il paraissait si désarçonné, ce grand garçon qui n'en finissait pas, que j'en avais pitié.

— Tu n'as pas pensé qu'il pourrait se suicider ?

— L'idée ne m'en est pas venue. Cela arrive de temps en temps, mais c'est le plus souvent, comme tu le sais, à des gens qui en sont à la période douloureuse. Maintenant que tu m'en parles, je me souviens qu'il m'a posé des tas de questions. Il voulait savoir combien de temps après l'opération il pourrait reprendre un régime normal, s'il aurait besoin de soins, quel genre de vie il serait capable de mener et même si son humeur s'en ressentirait. Du coup, je lui ai demandé s'il était marié et il m'a répondu que oui.

» — Des enfants ? ai-je poursuivi.

» — Non.

» — Vous avez une profession fatigante ?

» Il a souri en disant non.

» — Je vais essayer, sans rien promettre, de vous obtenir un rendez-vous avec le professeur Gigoigne. Je vous préviens seulement que, du moment que vous pouvez payer, ce sera cher. Si vous étiez indigent, il vous opérerait pour rien. Vous avez le téléphone ?

» — Je préfère, si cela ne vous ennuie pas, venir chercher la réponse en personne.

» — Vous n'avez rien dit à votre femme ?

» — Non. Il est inutile qu'elle sache.

» C'est tout, vieux. J'ai décroché son rendez-vous. Il y est allé et j'ai reçu un mot de Gigoigne confirmant mon diagnostic. Ne l'ayant pas revu, j'ai conclu que Gigoigne l'avait pris en main et, un beau jour, j'ai lu dans le journal qu'on l'avait repêché de la Seine. C'est bien ça ? Il s'est noyé ?

Nous avons fini notre apéritif et nous sommes quittés après quelques considérations générales ayant plus ou moins trait à notre profession et à nos malades. Je n'ai pas pu aller rue Lamarck avant neuf heures et demie et je n'ai même pas eu le temps de rentrer dîner, car un message m'attendait chez un de mes clients, m'annonçant deux urgences dans le quartier.

J'éprouvais, jusqu'à un certain point, une sensation de délivrance, car je n'avais plus à me tracasser au sujet de Bob. A présent, je savais. Mais, comme il arrive quand on a couru long-temps après la vérité, celle-ci me paraissait froide et décevante.

La fin de Dandurand s'accordait pourtant avec ce que je connaissais de sa vie. Il y avait toujours eu, chez lui, une discrétion innée qu'on retrouvait, atténuée par la volonté, chez son neveu, Jean-Paul.

Jeune homme, il lui arrivait de se confier à sa sœur, mais celle-ci ajoutait :

— ... *comme s'il se parlait à lui-même*...

Parce qu'elle n'était qu'une enfant, en somme, et qu'elle ne pouvait pas comprendre. Il ne se serait pas ouvert à une grande personne. Il lui parlait de son rêve du désert, puis de son désir de se mêler au petit peuple en fermentation.

Il n'avait jamais fait de confidences à Lulu non plus, et, après trois semaines de vie com-mune, il lui rappelait qu'elle n'avait pris aucun engagement vis-à-vis de lui et qu'elle était libre de partir quand bon lui semblerait. Plus tard, beaucoup plus tard, il ne lui en avait pas moins avoué, et seulement parce qu'elle le question-nait, qu'il avait compris qu'il l'aimait dès le pre-mier matin, quand son père avait quitté l'appar-tement de la rue Monsieur-le-Prince.

Je tourne autour du pot, pour parler vulgaire-ment. Je sais ce qui me barbouillait tandis que je faisais mes visites. Le cas de Bob devenait tout simple, trop simple. Je croyais entendre ma femme déclarer :

— En définitive, il a préféré ne pas souffrir.

D'autres le diront aussi. Or, je suis sûr que ce n'est pas vrai. J'ai horreur des explications sim-plistes et des gens qui savent tout, ramènent tout à des phrases catégoriques.

D'abord, il est plus que probable qu'il aurait peu souffert, et cela, Gigoigne, si avare qu'il soit de son temps et de ses paroles, a dû le lui dire. Une opération n'est plus ce qu'elle était il y a cinquante ans et personne ne s'effraie plus de monter sur le billard.

Qu'une récurrence du mal se soit produite dans un an ou dans dix, il aurait été encore temps de décider.

Ce qui confirme ma théorie, c'est que Bob a pris la peine de faire croire qu'il se passionnait soudain pour la pêche au brochet et d'organiser une mise en scène qui devait logiquement mettre sa mort sur le compte d'un accident.

Il ne s'en allait pas parce qu'il avait peur de souffrir mais parce qu'il ne voulait pas imposer aux autres la vue de ses souffrances et de ce qu'il considérait comme une déchéance.

Il avait donné à Lulu une existence aussi légère qu'il avait pu. On allait chez lui, chez eux, pour oublier les idées noires, pour prendre un bain d'insouciance et de gaieté.

A Tilly, dans les petits bars de Montmartre, partout où il traînait son grand corps dégingandé, on le regardait comme un aimable clown.

— *Crevant !*

Les yeux pétillaient, les lèvres se retroussaient dans un sourire.

Que serait un clown malade, un clown torturé, un clown au régime ?

Ma femme ne me croira pas. J'ai frappé à la porte de la rue Lamarck et Lulu m'a demandé à travers le panneau :

— Qui est là ?

— Charles !

Elle était aussi pâle, aussi figée que si elle attendait de moi un verdict.

— Vous l'avez vu ?

— Et aussi le docteur Bourgeois, qui l'a soigné avant Gigoigne.

— Qu'est-ce qu'ils ont dit ?

— Bob était atteint d'un cancer de l'estomac.

Elle a reçu la nouvelle avec une grimace de douleur, comme si Bob vivait encore, comme si elle le voyait souffrir.

— Il était condamné ?

— Non.

— Il aurait pu vivre ?

— Gigoigne avait accepté de l'opérer.

— Cela l'aurait guéri ?

— Sinon définitivement, tout au moins pour un temps.

— Il n'a pas voulu ?

Je secouai la tête et Lulu a compris. Elle ne s'est pas méprise, elle, sur les motifs de Bob.

— Il n'a pas eu confiance en moi.

— Mais si, Lulu.

— Non, Charles. Il ne s'est pas rendu compte que j'aurais été heureuse de consacrer le reste de mes jours à le soigner. Il n'a pas voulu m'astreindre au rôle de garde-malade. Il m'a toujours considérée comme une petite fille. Jusqu'au bout, il m'a traitée en petite fille. C'est pour ça qu'il est parti sans rien dire.

Je l'ai prise dans mes bras et elle sentait la sueur. Après un court moment, elle s'est dégagée.

— Enfin, maintenant, nous savons.

Il était trop tôt pour se rendre compte si la vérité lui ferait plus de bien que de mal.

— J'oubliais. Votre femme a téléphoné.

— Pour dire quoi ?

— Une malade vous attend dans votre cabinet depuis une heure. Elle prétend qu'elle a été empoisonnée et qu'elle va mourir.

Je savais de qui il s'agissait, une maniaque qui habite dans le bas de la rue des Martyrs et qui, chaque fois qu'elle se dispute avec son amant, vient me raconter la même histoire.

— Au revoir, Charles. Encore merci pour tout ce que vous avez fait.

— Il n'y a pas de quoi. Quant à vous, tâchez de vous soigner, sinon je vous en voudrai.

Elle m'a reconduit à travers la boutique qui n'était éclairée que par le reflet de l'atelier et elle a mis la barre et le verrou derrière moi.

Pour me débarrasser de ma cliente, je lui ai administré un émétique et, pendant une dizaine de minutes, les yeux hagards, elle s'est raccrochée des deux mains à mon veston en criant qu'elle ne voulait pas mourir.

J'ai fini par dire à ma femme, un peu avant de nous coucher :

— Dandurand avait un cancer.

— Je le pensais bien.

Elle a continué sa couture.

— Qu'est-ce que Lulu en dit ?

— Rien.

Cela a été tout. Je ne lui ai pas annoncé que Lulu n'avait plus qu'une seule ouvrière, ni qu'elle était maigre à faire peur. Maintenant que Bob n'y est plus et que l'atmosphère de la maison a changé, il paraît certain que ma femme évitera d'y aller. Ce qu'elle attend, c'est qu'à mon tour je me lasse de cette histoire et que j'oublie le chemin de la rue Lamarck.

J'ai trouvé le temps d'aller voir Germaine Pétrel, le lendemain, comme si, moi aussi, je me dépêchais d'en finir. Malgré son invitation à pas-

179

ser à n'importe quel moment, je lui ai donné un coup de fil. Ils possèdent un petit hôtel particulier à côté d'une maison d'où, je m'en souviens, j'ai assisté aux obsèques de Sarah Bernhardt. Je n'ai fait que traverser le rez-de-chaussée où sont installés les bureaux et me suis engagé dans un escalier de marbre clair.

Germaine Pétrel m'a accueilli dans un appartement clair aussi, moderne, orné d'une profusion de fleurs, et quelque part, au-delà de plusieurs portes, on entendait la musique assourdie d'un piano.

— C'est ma fille, dit-elle en m'invitant à m'asseoir. Vous prendrez du thé ?

Une femme de chambre en tablier brodé et en bonnet blanc apportait un plateau avec du thé et des petits fours.

— Vous préférez peut-être un whisky ?

— Je ne prendrai rien. Merci.

Je ne lui avais pas parlé de l'objet de ma visite au téléphone. C'est elle qui a engagé la conversation.

— Savez-vous qu'après notre entretien chez les Saucier, j'ai été prise de remords ? Je me suis rendu compte, en effet, que je ne vous avais pas dit la vérité.

» J'ai l'impression d'avoir manqué ainsi à mon devoir vis-à-vis de Bob. Je ne suis pas croyante, docteur. Je n'en pense pas moins que nous survivons, tout au moins dans l'esprit de ceux qui nous ont connus. Or, vous êtes la personne qui m'a parlé de Robert avec le plus d'affection.

» Quand vous m'avez demandé quels avaient été ses rapports avec mon père, je ne vous ai pas répondu avec exactitude, en partie parce que mon fils nous écoutait.

» En réalité, papa n'a jamais pardonné à mon frère la déception qu'il lui avait causée. Ou peut-être est-ce « humiliation » que je devrais dire ? Il avait fait le voyage de Paris exprès. Les professeurs qui devaient interroger Bob étaient ses amis ou ses disciples. Que son fils leur ait fait l'injure de ne pas se présenter, sans même les prévenir, et de les laisser attendre...

» Cela dépassait son entendement. Lorsque, le lendemain, papa a appris que Robert était avec une femme, il a fatalement reporté toute la responsabilité sur le compte de celle-ci et, sa vie durant, n'a pas voulu en démordre.

» J'avoue avoir pensé longtemps, moi aussi, que c'était une intrigante qui, par calcul ou par bêtise, avait empêché mon frère de se rendre à l'université ce matin-là.

» Mon père n'a jamais dit à Robert :

» — Choisis entre moi et cette fille.

» Il n'en était pas moins clair que Robert n'avait pas à se représenter devant lui tant qu'il vivrait avec elle.

Cela ne changeait à peu près rien ; cela ajoutait seulement une petite touche à l'image que j'avais fini par me faire de Bob.

— Je suis venu vous dire pourquoi il est mort.

— Il a laissé une lettre ?

— Non. J'ai vu ses médecins. Robert avait un cancer à l'estomac.

— Pauvre grand ! Lui qui, quand il avait la grippe, à Poitiers, n'en disait rien à personne et se cachait comme un chien malade !

Je me suis levé. Elle m'a tendu la main, le visage ouvert, éclairé par un sourire.

— Sa femme doit se sentir soulagée ?

— Je me le demande.

— Cela va vous paraître dur de ma part, docteur, mais je suis contente de ce que vous venez de m'apprendre.

Et, me regardant dans les yeux, elle conclut :

— Il est parti en beauté !

9

L'automne s'avançait et Paris était froid et maussade. A Tilly, le *Beau Dimanche* avait depuis longtemps fermé ses portes et je n'avais revu presque aucun des habitués car, à Paris, ce n'est guère que chez les Dandurand que nous nous retrouvions.

Je suis tombé sur John Lenauer, une après-midi, boulevard des Italiens, et il m'a forcé à le suivre dans un bar, car il avait une *soif inquiétante*.

— Vous avez revu Lulu ? m'a-t-il demandé.

— Oui.

— Comment est-elle ? Je n'ai pas eu une seule fois le courage de monter rue Lamarck. Je n'ai jamais su comment me tenir devant les gens tristes.

Il m'a parlé de Riri et d'Yvonne Simart qui se voient avec plus de mystère encore à Paris qu'au bord de la Seine.

— A l'an prochain, là-bas ?

— Probablement.

Les magasins avaient déjà leurs étalages de Noël, et on montait les petites baraques le long des boulevards.

Je pense qu'il en est de tous les ménages parisiens comme du nôtre. En dix-sept ans de mariage, nous avons fréquenté successivement, parfois alternativement, une bonne douzaine de groupes différents. Pendant un mois, ou six ou dix, on voit les mêmes gens deux ou trois fois par semaine, on dîne les uns chez les autres, on s'invite au restaurant, au théâtre et, soudain, sans raison, on se perd de vue. Il arrive qu'on se retrouve par hasard plusieurs années plus tard et que les relations se renouent.

Cela tient parfois à rien. Ainsi, à cause d'un déjeuner que j'avais fait avec Saucier pendant que ma femme était à Fourras, nous avions dîné chez eux avec les Pétrel. Du coup, nous les avons réinvités. J'ai pensé à Bourgeois et à sa femme, qui est jeune et amusante, et je me suis dit que Saucier serait content de les revoir.

Nous avons joué au bridge après le café. Les Bourgeois nous ont réinvités à leur tour, puis les Saucier, et cet hiver-là a été marqué par ce que nous avons appelé nos bridges de toubibs.

Octobre et novembre ont passé avec une rapidité d'autant plus étourdissante que mon second fils a eu la grippe aussi et que ma femme a été couchée pendant une semaine.

Nous commencions à songer aux cadeaux pour les enfants. Dix fois, j'avais fait le serment d'aller voir Lulu et, chaque fois, au dernier moment, un empêchement avait surgi. J'en ai d'autant plus honte que nous avons trouvé le temps d'aller dîner chez les Pétrel, qui se sont montrés charmants et qui, cette fois, ont évité de parler de Bob.

Pourquoi ne pas tout dire ? J'ai pris le temps aussi, deux fois, de rôder aux environs des Ternes en jetant un coup d'œil dans certains bars avec le vague espoir d'apercevoir Adeline et, n'ayant pas réussi, je suis allé rendre visite à son amie.

Le matin, on gardait les lampes allumées jusqu'à neuf ou dix heures, toute la journée dans mon cabinet, à cause des vitres dépolies, et l'après-midi il faisait noir dès trois heures, avec presque toujours de la pluie ou du crachin.

Je n'essaie pas de me trouver des excuses. Nous nous sommes rendus deux fois en tout au théâtre, ma femme et moi. Et, une fois, en tout cas, peu après le 11 novembre, j'ai téléphoné rue Lamarck.

— Qui est-ce ?

— Charles, ai-je répondu.

L'idée m'est venue tout de suite qu'elle avait bu. Elle parlait d'une voix pâteuse, en hésitant entre les mots, comme si elle ne savait que dire.

— Comment allez-vous ?

— Très bien.

— Et votre femme ?

— Bien aussi.

— Vos enfants ?

— Oui.

Ce n'était pas son genre. Je me suis même demandé si elle avait toute sa tête à elle.

— Mais vous, Lulu ?

Après un silence, pendant lequel j'entendais sa respiration, elle a dit :

— Ça boulotte !

Or, si Bob employait volontiers des mots d'argot, Lulu, de son temps, n'aurait pas parlé ainsi.

— Vous êtes seule ?

— Non.

Il y a encore eu un silence et, gêné, je me demandai si je ne ferais pas mieux de raccrocher.

— Je suis en train de me faire tirer les cartes.

Je savais par qui, l'horrible Quéven blême aux yeux rouges.

— Elle me prédit du bonheur !

Elle rit, la voix cassée par le vin ou l'alcool. Je n'en ai pas parlé chez moi.

Décembre est arrivé sans que je m'en aperçoive et j'ai fait venir le comptable qui, chaque fin d'année, se charge d'établir et d'envoyer mes notes d'honoraires. Quand on le voit installé dans le salon, où il ne fume pas, mais où il suce des cachous toute la journée, on sait que Noël est proche.

Je cherchais un moyen de décider ma femme à inviter Lulu pour le réveillon. Je savais qu'elle ne viendrait pas si c'était moi qui le lui demandais. Même ma femme devrait y mettre de la ruse et de l'insistance.

— Qui comptes-tu avoir la nuit de Noël ?

— Je ne sais pas. Et toi ?

— Je ne sais pas non plus.

L'année précédente, justement, après avoir mangé de la dinde avec les enfants et les avoir mis au lit peu après minuit, nous avions passé le reste de la nuit rue Lamarck, où il y avait au moins trente personnes dans l'atelier et où, à la fin, tout le monde s'était déguisé avec ce qu'on trouvait sous la main.

— Cela va être triste pour Lulu, insinuai-je.

— Je n'en doute pas, mais on ne réveillonne pas quand on est en grand deuil.

Je n'ai pas insisté, me promettant d'y revenir.

Je n'en ai pas eu l'occasion. Le 15 décembre, à huit heures et quart du matin, alors que j'avais devant moi un vieillard nu jusqu'à la ceinture et que j'écoutais au stéthoscope le vacarme de ses bronches engorgées, la sonnerie du téléphone s'est déclenchée et je jugeai qu'elle était plus vibrante, plus impérieuse que d'habitude. J'ai dû laisser sonner un certain temps avant de pouvoir me diriger vers l'appareil.

— C'est vous, docteur ?

Je ne reconnaissais pas la voix.

— Docteur Coindreau, oui. Qui est à l'appareil ?

— Louise.

— Louise qui ?

— L'ouvrière de Lulu. Venez vite, docteur. Téléphonez à la police. Moi, je n'ose pas. Je n'ose même plus rentrer dans la maison, et je vous téléphone de chez le boucher. Lulu est morte.

Elle non plus n'a pas fait d'embarras, n'a laissé aucune lettre, aucun papier. En dessous d'elle, sur le lit, près d'une photographie froissée d'elle et de Bob prise quinze ans auparavant, on a retrouvé un tube vide de somnifère.

Si elle avait tenu bon quelques semaines de plus, elle n'aurait pas eu besoin de drogue, car elle ne pesait pas plus qu'un enfant de dix ans.

— Je la suppliais tous les jours de manger, disait Louise. Elle se contentait de hocher la tête et, j'en suis sûre maintenant, elle le faisait exprès de se laisser dépérir.

J'en suis sûr aussi. Seulement, cela n'allait pas assez vite et elle n'a pas voulu passer Noël sans Bob.

Peut-être aussi craignait-elle, à présent qu'il n'était plus là pour la porter, de dégringoler trop bas et de ne plus être digne de lui.

C'est pour se défendre contre cette glissade qu'elle avait mis Mlle Berthe à la porte. Mais ne l'avait-elle pas rouverte un peu plus tard à une Rosalie Quéven ?

Elle a préféré partir quand il était encore temps.

Shadow Rock Farm, Lakeville (Connecticut),
le 25 mai 1954.

Composition réalisée par JOUVE

IMPRIMÉ EN ALLEMAGNE PAR ELSNERDRUCK
Dépôt légal Édit. : 13211-09/2001
LIBRAIRIE GÉNÉRALE FRANÇAISE - 43, quai de Grenelle - 75015 Paris.
ISBN : 2 - 253 - 14286 - 7